書下ろし

悪女刑事《デカ》

沢里裕二

祥伝社文庫

目次

第一章　クラッシュナイト

1

「突っ込むわよ」

黒須路子《くろすみちこ》は、胸元に仕込んだワイヤレスマイクに向かって、そう告げた。時刻は午後四時二十分。真冬の日差しが西に傾きかけている。

『おう、準備は出来ている』

イヤーモニターからしわがれた声が返ってきた。屋上からの突入班の班長、藤堂昌行《とうどうまさゆき》だ。藤堂は同期だ。同じ平成二年生まれで共に入庁七年目となる。

「さっさと片付けて、ビールを飲みに行きたいわ。あんたの奢《おご》りでね」

「なんで、俺の奢りなんだ？」

「まだ、今月利息も入れて貰ってないわよ」

路子は、声を潜《ひそ》めて伝えた。

「いま、それ言うか？」

「署で言うよりいいでしょう」

路子は署内で金貸しをしている。通称『黒須サポート』。住宅ローン以外の借り入れが上層部に知れると、何かとマークされるのが警察官という職業だ。

路子はそこに目を付け、ときどき個人的に貸している。上司も含めてだ。貸している期間、誰もが路子に服従する。金にはそういう威力がある。教えてくれたのは祖母だ。

「ちっ」

藤堂が不機嫌そうに無線を切った。

正面切り込み役の路子は、偽装した宅配便トラックの扉を静かに開けた。

トラックの車高が高いので飛び降りた。中央区勝どき。そこはタワーマンションだらけの一角だった。

「うっ」

着地した際に、やや前屈《まえかが》みになり呻《うめ》いた。バストがきつい。

リアル感を出すために、本物の業者から制服を借りていたのだが、さらに内側に防弾ベストを着込んでいるため、バストが潰《つぶ》れて苦しかった。

真冬の空気を大きく吸い込みながら、トラックの後部に回りハッチを開けた。

様々な形の段ボールが積み込まれている。重要な三箱を除いてすべて偽装《ダミー》だ。残りの二十数箱は重みを出すために適当な書類を入れただけの箱だった。

路子は、制帽を目深《まぶか》にかぶり直した。

ゆっくりした動作で、段ボール箱を三箱降ろし、台車に乗せた。

かなり重い。腰に悪い。

いずれの箱にも有名な通販会社のロゴマークが入っていた。もちろん箱は実物を使用している。中身が特殊武器なだけだ。

路子は慎重に台車を押した。

関東泰明会《かんとうたいめいかい》の連中がどの角度から遠張りしているかわからない。けっして上方を見上げたりしないように路子は台車を押した。

伸ばした腕に嵌《は》めたデジタル時計を眺める。

「午後四時二十四分」

台車を押しながらひとりごとのように言った。それが合図だった。無機質な雑音が鳴って、すぐに藤堂の声が返ってくる。

「周囲に不審車は見当たらない。そこら辺に停車している車は、すべて一般車両だ」

藤堂たち五人は、四十階建てマンション『インペリアルステート勝鬨《かちどき》』の屋上にいる。

「四〇二一のベランダは？」

そこから見張っている可能性がある。

「俺のところからでは死角になって見えない。町村《まちむら》っ」

藤堂が真向かいのマンションの屋上にいる町村隼人《はやと》を呼んだ。

「誰も出ていません。部屋は分厚いカーテンで仕切られたままです」

この二か月、真向かいのマンションの同じ高さにある一室から、定点観測を続けていた町村が答えた。町村と細川《ほそかわ》はいまも、双眼鏡でターゲットの部屋を見張っている。監視だけではなく、記録用の映像を撮るためのカメラも回しているはずだ。

家宅捜査《ガサイレ》の令状《フダ》は取ってあるが、現行犯逮捕でなければ意味がない。

路子はマンションのメインエントランスに入った。

中央にコンシェルジュカウンターがある。若い男がひとりだけ立っていた。

ここで令状《フダ》は見せるわけにいかないので、こんな手の込んだ芝居をしているわけだ。すでにこのコンシェルジュ担当者にも関東泰明会の息のかかった人間がいる可能性が高い。

四十階に上がる前に連絡されてはアウトだ。

もちろん目の前の男とは限らないが、四〇二一の部屋番号は出さないほうが賢い。令状は後回しだ。

「一〇〇五の宇多田《うただ》さんにお届けにあがります。書籍です。時間指定です」

あえて低層階に住んでいる著名な小説家の名前を出す。気難しいことで知られている老作家だ。

「ぁあ、いちいち下から連絡すると、あの先生、怒るんだよね。直接頼みますよ」

若いわりに神経質そうな顔をした男が、居住者専用の扉のある方向を指さした。

「わかりました。ロックの解除をお願いします」

「承知しました。恐れ入りますが、身分証明書を拝見させていただきます。それとここにサインを」

路子は、偽造身分証明書を渡し、入館記録書にサインをした。ふたりの芸能人の苗字と名前をくっつけた偽名だった。

その間に、社員ナンバーを控えられる。照会されたらアウトだが、宅配便の配達員をいちいち照会していたらきりがないのだろう、受付担当者はあっさり居住者地帯とロビーを仕切る扉のロックを解除してくれた。

荷物を運んできたのが女だということもあって、余計に油断してくれているようだ。

路子の思惑通りだった。

男刑事では、相手も不審に思ったことだろう。組織犯罪対策係の刑事の人相は、極道のそれとほとんど変わらないからだ。

「台車の場合は必ず、奥の荷物用エレベーターを使用して下さいね。ホールの奥に扉がありますから」

「はい。わかりました」

路子は、お辞儀をして、台車を押した。

高級マンションのセキュリティー対策はなまじっかの公共施設よりも厳重だ。

芸能人に代表されるような著名人が居住しても、その個人情報が守れるように、通路やエレベーターも細分化しているケースが多い。

たとえば、このマンションは四十階建てだが、五階単位でエレベーターが分かれている。それ以外の階の居住者とは顔を合わせなくて済むということだ。

エレベーターホールが二つに分かれており、それぞれ四基のエレベーターに区分けされている。

裏を返せば極道にとって、セキュリティー万全の高級マンションは、格好の隠れ家となり、時に要塞《ようさい》の役目も果たす。

エレベーターホールの隅に扉があった。いわゆるバックヤードだった。ゴミ収集所がありその脇に業務用のエレベーターがあった。

（こいつだけは、全階共通なのよね）

路子は乗り込んだ。十階と四十階を押す。とりあえず十階で止まる気配だけは見せておく。

「上昇中」

そう伝える。

『今村《いまむら》と小平《おだいら》がエントランスに入った』

藤堂が状況を説明してくれる。

「サンキュー」

十階で一時停止し、十秒ほど扉を開いたままにした。降りている雰囲気を作る。コンシェルジュカウンターで昇降状態を監視している可能性があるからだ。

閉じて一気に四十階を目指す。

この時間が長く感じられた。

コンシェルジュの気を引くため、二期下の今村知乃《ちの》と小平恵子《けいこ》が不動産会社の人間を装い、空き室の内覧予定日を訊きに行っているはずだ。よく使う手だ。その間、コンシェルジュは貸し手側の不動産会社に確認を取ることになる。

バレたところで、小平が家宅捜査の令状《ガサイレフダ》を見せることになっている。

その前に路子が四〇二一号室に踏み込まねばならない。

厳密にはフライング。ルール違反は百も承知だが、そうでもしなければ現場は押さえられない。

四十階に到着した。

ホテルのような歩廊《ほろう》を急ぎ足で台車を押し目指す部屋の前に辿《たど》り着いた。

「山根《やまね》さーん。お届け物です」

路子はインターホンを押し、大声を張り上げた。目の前のレンズの上がピカッと輝いた。相手がモニター画面をチェックした証拠だ。

(山根は、在宅している)

路子は、レンズに向かって思い切り微笑んだ。

「どこからだ?」

低く尖《とが》った声がした。路子は大手通販会社の名前を言った。

同時に耳を澄ます。山根の背後で女の呻き声が聞こえた。

「あんたいつもの配達員じゃねぇな？」

疑うような声だ。刻々と時間が経過する。まずい。

「真木《まき》に代わって、今日からこの地区を担当することになりました」

「名前は？」

「深田《ふかだ》さとみと申します」

路子は首から下げた身分証をレンズに翳《かざ》した。胸の大きさを強調するように突き出した。

「ちょっと待て、確認する」

さすがは、関東泰明会の若頭《わかがしら》、山根俊彦《としひこ》だ。インターホンの向こう側で、スマホをタップするような音がする。これは、かなりまずい。

「山根さん、すみません。トイレを貸していただけませんか」

これでも女だ。女がいきなりトイレを借りたいと申し出て、興味を持たない男は案外少ない。

「なんだと？」

案の定、山根がふたたびモニターに視線を戻したようだ。

路子はレンズに顔を近付け、切なげに眉を寄せて見せた。

（開けろ。とにかくこの扉を開けてもらわないことには始まらない）

間もなく、今村と小平が正体をばらす頃合いだ。屋上の藤堂たちもロープを手に、焦《じ》れていることだろう。

「お、お願いします」

路子は顔を歪《ゆが》めた。出来るだけ、パンツを降ろす姿を連想させる。

「おまえ、本当に宅配業者だよな？」

山根が廊下を進んでくる足音が聞こえた。トイレを使わせた後に、そのまま餌食《えじき》にするつもりかもしれない。強姦《ごうかん》して写真を撮るなど極道なら朝飯前だ。

弱みを握られた宅配業者が密売品の運搬要員にされていた事例もいくつかある。その効果も狙《ねら》って、女である路子がこの役を買って出たのだ。

「は、早く、お願いしますっ」

路子は、もう一度切なげな声をあげた。

「待て、いま開ける」

カチリとロックが解除される音がして、扉が押し開けられた。

ぬっと山根が顔を出す。

細い眼の端を吊り上げた。今年四十歳のはずだが、山ほど修羅場をくぐったその顔は、十歳以上老けて見えた。

「すみません。入れていただけますか。荷物はこれです」

「わかった、入れっ」

扉が大きく開き、山根が姿を現した。

真冬にも拘《かか》わらず、ステテコ一枚に腹巻をしているだけの格好だ。総身にさまざまな柄が舞っている。

「失礼します」

路子はわざと股間《こかん》を押さえながら眸《め》を細めた。

山根は路子の股間に視線を落とした。

その瞬間を見逃さなかった。爪先《つまさき》で床を蹴る。飛び跳ねた。

「この、変態がっ」

肩で山根の胸部を突く。不動明王の眼のあたりを強烈に突いた。鉛を仕込んだ肩パットを付けている。

「くっ」

不意を突かれた山根が息を詰め、よろめいた。すかさずステテコ裾から出た脛《すね》に革靴の尖端を飛ばした。ここには鉄板が埋めてある。弁慶《べんけい》の泣き所には効くはずだ。

「うやぁあぁ」

山根の細い眼が、奥二重になるほど見開かれる。ガクリと膝《ひざ》を折り、一撃された脛を擦っていた。

その間に、路子は台車を玄関の三和土《たたき》に引き込んだ。台車の背後に回り把手《とって》を握る。そのまま勢いよく荷物を積んだままの台車で、山根を倒し、車輪で轢《ひ》いた。

「うわわっ。痛てっ、なにさらすこの女《アマ》」

喚《わめ》きながら上体を起こそうとする山根の腹を思い切り、踵《かかと》で踏みつける。踵にも鉛が入っている。正直、一歩歩くのがとてもしんどいのだが、威力は百倍ある。

「うっ」

山根が口から灰色の液体を噴き上げた。米粒が混じっていた。

（寿司でも食ったか？）

「若頭《かしら》っ」

通路の先、リビングルームのほうから、若い衆がふたり飛び出してきた。ひとりは褌《ふんどし》姿に腹巻。もうひとりは全裸だった。それぞれ仕事の役目が違うのが一目瞭然《いちもくりようぜん》だった。

全裸男は勃起《ぼつき》していた。

顔よりも、陰茎《いんけい》のほうが凶暴に見える。

（まずは、無防備なほうから）

路子は全裸勃起男の睾丸《こうがん》を思い切り蹴り上げた。鉄板入りの爪先だ。玉が棹《さお》の裏側にめり込んだ。

「ふがっ」

全裸男が口から泡を吹きながら、床に仰向けに倒れる。ＥＤ治療薬をたらふく飲んでいるらしく、勃起はそのままで、天井を向いた。路子はもう一度、脚をあげ、踵を亀頭の上に叩き落とした。

「げふっ」

今度は亀頭の尖端が泡ぶいた。

「てめぇ、神戸《こうべ》かっ」

褌男が腹巻から匕首《あいくち》を取り出し、突っ込んで来た。路子は勇気を奮って腹をつきだした。刃先がぶすりと突き刺さったが、防弾ベストに阻まれて、シャツにすら到達しなかった。

「やりそこなったら、やられる番ね」

帽子のツバを後ろに回し頭突《ずつ》きをくらわしてやる。鼻梁《びりよう》と目の間に見事に決まった。鼻から血飛沫《ちしぶき》が上がる。

「うわぁあああ」

褌男は、両手で顔面を抱えながら床に崩れ落ちた。路子は台車を押しながら、リビングへと突っ込んだ。

2

四〇二一号室のリビングルームは、賭博場《とばく》と化していた。

それもいまどきのカジノスタイルではない。

部屋の中央に、大昔の任俠《にんきよう》映画に出てくるような古式ゆかしい丁半博打《ちようはんばくち》のセットが置かれていた。畳二枚分ほどの盆台に白い布をかけている。

その盆を囲むように座っていた客たちの前には、帯封《おびふう》付きの札束がいくつも置かれていた。チップや木札などという回りくどい小道具は使わず、すべて現金で勝負しているとはわかりやすい。

全員現行犯ということだ。

「動くと、着火するわよっ」

リビングに飛び込むなり、路子は段ボールから取り出したダイナマイトを翳《かざ》した。親指をダイナマイトの電動スイッチの上に置いて威嚇《いかく》する。

いまどきのダイナマイトは、導火線式ではない。電動スイッチで着火するスタイルだ。したがって、見ようによっては、バイブレーターを掲げているようでもある。

うっかりスイッチを押したら最悪だ。

火花は出るが十センチほどだけだ。それもせいぜい一分程度。こいつは、偽装マイトだ。派手な爆音だけが鳴る仕組みになっている。

ヤクザだけならともかく、堅気《かたぎ》の客もいることは、監視の結果読めていた。拳銃使用は思わぬ事故を招く可能性がある。

苦心の上に偽装マイトとなった。

それを知らないリビングにいた十数名の客たちが凍《こお》りついた。

中央に壺振りの男が正座していた。褌に腹巻姿だ。廊下で路子に蹴られた褌男は、この男の交代要員だったのだろう。

「あんた賭場あらしかよ」

壺振りが挑むように眼を光らせた。

「賭博開帳図利《とり》であんた現行犯逮捕っ」

「おいおい、笑わせるなよ。刑事《デコスケ》がダイナマイトは《発破》ねぇだろう」

信用していないようだった。

路子は思い出したように窓際に進み、ドレープカーテンが開くスイッチを押した。

ちょうどその瞬間、ベランダに空から男たちが舞い降りて来た。

藤堂率いる屋上組だ。まるで特殊急襲部隊《SAT》のような格好で、ロープを手繰《たぐ》って降りて来ているが、普通のマルボウ刑事《デカ》たちだ。

ドラマティックに現れた男たちの様子を、客たちが固唾《かたず》を呑んで見守っている。

いずれも堅気のようだ。

中年の男たちに交じって、若い男がふたりいた。そのふたりだけは、路子も知っている顔だった。

若手俳優の草凪雅彦《くさなぎまさひこ》とプロ野球選手の葉山聡介《はやまそうすけ》だ。どちらも二十代。遊び感覚で参加したのだろうが、胡坐《あぐら》を掻《か》いたふたりの前には、それぞれ百万円の束が三束ずつ置かれていた。アウトだ。

「草凪君に葉山君さぁ。あんたら立派な賭博罪だから」

ふたりはうなだれた。

「まぁ、それだけだといいんだけどさ。罪状はまだまだ重なるんじゃないかなぁ？」

言いながら、窓のロックを外してやる。

「入ってっ」

「うぉーす」

藤堂はリビングルームに入るなり段ボール箱を開け、打ち壊し用の道具を取り出した。

ハンマー、バール、チェーンソー、電動ドリルなどがいくつも入っている。客たちが怯《おび》えた目になった。

「おいおい、あんたら、そんな道具でなにしようっていうんだ。マジ、警察じゃないんじゃねぇか」

壺振りが眼を吊り上げた。

「警察も最近はエンターテインメント化しているのよ」

路子は盆の上に、ダイナマイトを放り投げた。もちろんスイッチを入れたので尖端から火花を噴き上げている。藤堂たちと合流できたので、もはや威嚇の必要はなくなったのだ。路子は耳を押さえた。ヘルメットを被っている藤堂たちに影響はない。

「なにしやがるっ」

壺振りの男が背後に飛び退《の》いた。客たちも、わっと尻を向けて、四方に這《は》い出した。

その背後で摸造ダイナマイトが、轟音《ごうおん》を立てた。音だけは耳を劈《つんざ》くような巨大さだ。非致死性特殊閃光弾《スタングレネード》の音だけバージョンのようなものだ。

壺振りの男は失禁《しっきん》したようだった。股を拡げて呆《ほう》けたような顔をしている。

リビングと繋《つな》がる部屋との間に引き戸があった。向こう側に八畳ほどの和室があるはずだ。同じタイプの部屋の間取り図を見ているので知っていた。

「草凪君。そこの引き戸を開けてくれない？」

バイオレンス物の映画で一躍スターになった草凪雅彦も、耳を押さえて、蒼ざめていた。

「僕が、ですか？」

向こう側の部屋の状況を知っているのだろう。草凪は、うろたえた表情になった。

「そう、きみが開けるの」

路子は表情を変えずに答えた。草凪は顔を引き攣《つ》らせながら立ち上がり、のろのろと戸の方向へ進んだ。引き戸をがたりと開ける。

いきなり異臭がした。女の甘い汗の香りと明らかな覚醒《かくせい》剤の匂いだ。

「いた、いた」

路子は口笛を吹いた。

「ちっ」

壺振り男が舌打ちする。

「賭博に拉致《らち》監禁。それにシャブまで付いたようねぇ。マスコミに発表したらこのマンション、値が下がるわ」

部屋の中には、十人の全裸の女が横一列に並べられていた。五人ほどアジア系外国人も交じっている。

全員、麻縄《あさなわ》でM字開脚縛りにされていた。それぞれの女たちの股間の前には、料理屋でよく見るような固形燃料式のコンロが置かれている。コンロの上にはアルミホイルが敷かれており、ゆらゆらと煙をあげていた。覚醒剤の甘い香りだ。熟成したメロンの香りに似ている。

「炙《あぶ》りね」

路子はポケットからマスクを取り出して口を塞《ふさ》いでから、室内に進んだ。

捜査でハイになってもしょうがない。

もうずいぶん長い間、上と下の口から吸引させられていたのだろう。女たちの眼は蕩《とろ》け切っていた。開かされた股間もとろとろに濡れている。

「博打に飽きたら、女を抱いて一服して、また盆に戻るって寸法だろう。いたれりつくせりの裏カジノだ」

藤堂がハンマーの柄を伸ばしながら近づいて来た。伸縮式の柄だった。

そのとき、突如、銃声が鳴った。廊下からリビングに向かって銃弾が飛んできたのだ。

「うわっ」

藤堂の特攻服に当たった。胸の辺りだ。白煙が上がっている。藤堂の身体が窓のほうへと飛んでいく。派手な音を立てて硝子窓が割れた。

「てめぇら、いい加減にさらせっ」

意識を回復した山根が、腹を擦りながらリビングに現れた。手にはトカレフT33が握られている。いかにもヤクザが持っていそうな古いタイプの拳銃だ。

路子は、薄笑いを浮かべて、山根のほうへと進んだ。山根が銃口を向ける。

「そんな安物の銃で、私らはやられないのよ。警視庁の防弾ベストを舐《な》めないで。七・六二ミリぐらいの弾頭じゃ、これ貫通しないから。撃つなら撃ちなよ、この腐れ外道《げどう》がっ」

山根が後退した。はったり勝ちだ。二メートルと離れていない位置では、貫通しない保証はない。

だが明らかに山根の眼に恐怖の色が浮かんでいた。

（いまだ）

路子はいきなり金的《きんてき》を狙った。アッパーカットのように下から上へと足蹴りを放つ。

「うぅうぅう」

山根が瞬時に腹を押さえ、片膝を突いたまま蹲《うずくま》った。トカレフが床に転がった。

路子は段ボール箱の中にまだ残っていた小型のハンマーを取り出して、すぐに山根に向かった。

ハンマーで膝を思い切り叩く。骨が砕ける音がした。

「うえぇぇぇえええ」

山根が泣いた。細い瞳から涙をぼろぼろ溢《こぼ》して泣いた。

「ヤクザが、いちいち泣くんじゃないよっ」

路子はもう片方の足の膝も、同じようにハンマーで叩き割った。ぐしゃっと音がする。

「ぐぇええっ」

山根は大きく口をあけて天井を仰いだ。

「これでもう逃げようがないわね」

路子は立ち上がった。

「わかんないぜ。逆立ちしながら逃げるかもしれねぇ」

床に転がっていた藤堂が半身を起こしながら言う。同じく最新式の防弾ベストを着用しているので、弾を吸収してしまっている。

「ありえるわよねぇ」

路子は、山根の左右の腕にもハンマーを見舞った。

「あうっ」

山根は短く声を発し、顔を歪めた。男が射精するときの顔に似ていた。

玄関の扉が開いて、後輩女刑事がふたり入って来た。廊下に転がっている全裸と褌姿の男に手錠を打っている音がした。今村知乃と小平恵子だ。

「お待たせしました。令状《フダ》見せてきました。いま管理会社にも連絡してもらっています」

知乃が紙をヒラヒラ振って見せてくれる。恵子は大型バッグを持参していた。

「よしっ、部屋中しらみつぶしに当たるぞ。黒須たちは女の保護を頼む」

藤堂が言った。

「了解。打ち壊しは任せるわ」

恵子がバッグからシーツを何枚も出した。女たちを連れだす際に被せるシーツだ。

「気を付けてね。たっぷりシャブを嗅《か》いでいるから、女子プロレスラー並みの力が出るわよ」

シャブが入った人間の怪力は、現実離れしているものだ。

「承知しています」

恵子がひとりの女の背中に回って、乳首に指を這わせた。摘まむ。

「あぁああ」

女が絶叫した。身体を激しく動かし、肩を突きあげてくる。案の定、キマリまくっている。セックスサービスのために用意されていた女たちだ、いつでも受け入れられる状態に仕上げられているのだ。

「医療班を呼んで」

女たちは強引には連行できない。覚醒剤使用の被疑で事情聴取はしなければならないが、それ以前に拉致監禁された被害者でもある。

「わかりました」

知乃が、刑事電話《ポリスモード》で、署に連絡している。路子はこの間に壺振りに手錠を打った。

客たちは身動きせずに、その場に佇《たたず》んでいた。

人定《じんてい》をせねばならないが、それには応援が到着するまで待たねばならない。

藤堂たちは、リビングの壁を叩いて、その音を聞いている。

「ぁああん。早く草凪さんとやらせてよっ」

何処からか女の呻き声がした。

キッチンを挟んだ向こう側から聞こえてくる。間取りを思い浮かべるとそれは、ベッドルームのほうだ。

「あっちにも女がいたのね」

路子は草凪雅彦の顔を見た。

「違う、違う。俺、何も、知らないから」

草凪は顔の前で手のひらを振った。

「一緒に来てっ」

路子は、草凪の手を引いた。草凪が及び腰で付いてくる。

人造大理石製のオープンキッチンの脇を抜けると、こちら側にも扉があった。

路子は、腰から伸縮棒を抜き、用心深く開けた。

その先はまた通路になっていた。

三百平方メートルの広さとあって、なるほど間取りに余裕がある。マンションでこれだけ通路が取れるとは贅沢《ぜいたく》このうえない。

「あぁああんっ。途中でいなくなるなんてひどいわっ。もっとピストンしてっ」

喘《あえ》ぎ声が響いてくる。おそらく、廊下に飛び出してきた全裸男が、ついさっきまで抜き差ししていたに違いない。

通路のすぐ先にあったベッドルームの扉を開けた。シングルベッドの上に全裸の女が寝ていた。仰向けになり、股間に這わせた人差し指を、せわしなく動かしている。

「あっ、草凪雅彦っ。本当だったのね。私騙《だま》されたんじゃないのね」

女は目を輝かせた。

「えぇえぇえっ」

部屋を覗《のぞ》いた草凪が眼を剝《む》いた。

路子は、草凪の顔を睨《にら》んだ。

「俺、そんなこと何も聞いてないから。竹宝《ちくほう》映画のプロデューサーから、裏カジノがあると聞いて来ただけだ。ここに来るのはこれで三度目だが、丁半博打をしただけで、俺は女とやったことなんかない。他の連中は休憩時にやる奴もいたけどね」

女のほうは、俳優の草凪雅彦とやらせてやる、と言って連れてこられたのだろう。

「過去の二回は勝ったんでしょう」

路子は部屋に進みながら言った。何か微妙に部屋の趣が違う。狭いのだ。

「あぁ、合計で一千万円ぐらい勝たせてもらった」

答えを聞きながら、もう一度この四〇二一号室の間取り図を思い浮かべた。四ベッドルーム。一室は和室。先ほどの部屋だ。残り三部屋が八畳タイプの洋室。

「今日は？」

「いまのところ五百万ほど負けている。俺はいつも前半ツキがない。ここからまくろうと思っていたところだが、あんたらのおかげでおじゃんだ」

「私たちが踏み込まなかったら、今夜の負けは三千万までいったかもね。ふたつ勝たせて、三回目で根こそぎ毟《むし》り取るのが、ヤクザのやり方よ。ほらそこにカメラセット」

ベッドの向こう側にカメラと三脚が置かれていた。照明用のライトも三個床に放置されている。

「えっ？」

「身体で払わせられるところだったわ。ボロ負けさせて、憔悴《しょうすい》しきったところでシャブを打たれて、この女とやらされたのよ」

「それを撮影されるってことか？」

さすがに草凪も理解したようだ。

「そう、そしてあなたは生涯、脅され続けるの」

路子は草凪に視線を戻した。

「結果は同じだろうよ。あんたらにパクられるんだ。どのみち役者としても終わりさ」

草凪が芝居がかった笑いを見せた。刑事ドラマで、逮捕された男が、不敵に笑う表情だ。

「シャブはまだ食っていないの？」

唐突《とうとつ》に聞いた。

「食ってねぇよ。ただし、隣の部屋であれだけ炙っていたんだ。鼻からは多少入ってしまっただろうよ。えっ、それも一翻《イーハン》くっつけんのかよ？」

「いまはふたりきりだわ。私の裁量しだいよ」

路子が微笑んだ。よくＳＭの女王様のようだといわれる笑顔だ。

「俺のチンコを握りたいのか？」

草凪が調子に乗ってきた。

「まぁね。ちょっと出してみなさいよ」

草凪の股間を指さした。

「このまま見逃がしてくれるのなら、とことんサービスしちゃうよ」

色男ぶって、ズボンから陰茎を出した。まだ軟らかそうだった。垂れている。

「草凪さんっ、凄いっ」

ベッドの女が叫んだ。

「私、自分が大きくしてあげる義理はないわ。あの女にしゃぶらせて。大きくしてから私に」

「まじかよ」

草凪が、女の脇に進み出た。女はいきなり勃起を咥《くわ》え込み舐めしゃぶる。一気に芯が通ったようだ。

「こっちむいて」

路子は叫んだ。

「おぅ」

振り向いた草凪をスマホでバシバシ撮影した。

「何するんだよ」

草凪が片眉を吊り上げ、勃起をすぐにしまい込んだ。

「生涯、警察の情報提供者《エス》になってもらう。芸能界の中に欲しかったのよね。内部通報者……」

「嘘だろ」

草凪が口を開けた。

「警察は嘘をつかないわ。尿検査でシャブをダイレクトに入れていないと判明したら、この現場からは私たちが人目に付かない方法で出してあげる」

「尿検査はするのか？」

「精液検査でもいいけど。ここで扱《しご》く？　その子の口でもいいし、自分の手でもいいけど」

路子はふたたびスマホを向けた。

「いや、尿でいい」

「ちょっとぉ、恵子っ。この男の尿検査」

路子は声を張り上げた。

「顔を当てて炙っていなければ、いまは反応しないはずよ」

「それなら、大丈夫だ。絶対やっていない」

草凪は自信ありげだ。そうであってほしい。芸能人のシャブ中を挙げるのも、警察としてはキャンペーンになるが、それ以上に、いまは芸能界の情報提供者が欲しい。

芸能界と極道界の繋がりは深い。切っても切れない間柄であろう。

副産物として今回草凪雅彦を手に入れられれば、使い道は無限にある。

そんなことを想いながら、恵子が来るのを待った。

それにしてもこの部屋は狭い。路子は壁をじっと見た。隣室との境目のはずの壁を凝視した。そこだけ、クロスの色が真新しく感じる。照明の当たり方のせいかと、接近してみるとやはりそこだけ色が明るい。残りの三方と同じ生地を使っているが鮮度が違う。

拳骨《げんこつ》で叩いてみた。空洞特有の響きがあった。

耳を当ててみる。ブーンという重低音の機械音がする。

（ここだ）

路子はすぐに首からぶら下げていたホイッスルを吹いた。交通課の巡査みたいに威勢よく吹いたが、路子としては赤穂浪士《あこうろうし》が吉良上野介《きらこうずけのすけ》を発見したときの気分だ。

「先輩、お待たせしました」

先に知乃が駆けこんで来た。

「草凪雅彦の尿検査をお願いっ。ちゃんと出すところを目視してね。緑茶とか混ぜる人とかいるから」

「はい、尿道口から出るのをしっかり目視します」

今村知乃は、心なしか声が弾んでいる。トイレへ連行していった。ベッドの上の女はそのまま放置しておく。自慰に疲れ果てていれば、長い眠りにつくはずだ。

続いて藤堂たち五人がやってきた。

「さっさとあそこの壁、打ち壊してっ」

路子は指をさした。

3

部屋に粉塵《ふんじん》が舞った。

藤堂たち五人が、ハンマーと鶴嘴《つるはし》で壁を打ち壊しているのだ。藤堂はストレスの溜まったヒグマのように威勢よくハンマーを打ち込んでいた。

あっと言う間に壁に穴が開いた。

「あったな」

洞穴のように開いた壁の先にはウォークインクローゼットのような空間があり、大型冷蔵庫のような金庫と、本物の冷蔵庫があった。低く唸るような音を上げていたのは冷蔵庫のほうだ。

二台並んでいる。

今回の家宅捜査の目的はこの冷蔵庫と金庫だ。関東泰明会の心臓部がここにあったのだ。

「組事務所を何度、ガサっても出てこなかった、現物が押収《おうしゅう》出来るぜ」

藤堂が意気揚々《いきようよう》と空間の中に入っていき、冷蔵庫を開けた。大型冷蔵庫に袋詰めされた白い粉がぎっしり並べられている。

「北朝鮮製かしら？」

路子はその袋を、ひとつ引き抜き、しげしげと眺めた。

「まぁ、そこら辺の機密は、この金庫の中にあるんじゃねぇか？」

冷蔵庫と同じ大きさの黒い大金庫の前に立った。

「鍵師を呼ぶか？」

藤堂が路子の顔を覗いた。捜査二係に鍵開けの名人がいる。

「いやぁ、面倒くさいでしょ。せっかくこれだけの道具を持ってきているんだから」

路子は答えた。

「相変わらず、短気だな」

「そうなのよ。早く壊しちゃってよ」

「はいよ」

藤堂が本体と扉の隙間にバールを挿し込んだ。グイグイと左右に拡げる。

「プリミティブな作業ね」

「これでも鍵師が、右や左に曲げて落としどころを探すより早いと思うんだ。ロックしている横棒《バー》さえ折れれば、開かない金庫なんかない」

道理だ。

藤堂は地道にバールを動かしている。額に汗が滲んでいた。

リビングに刑事や制服警官が飛び込んでくる音がした。いずれも付近の道路に車を分散させて待機していた連中だ。おそらく二十人はやって来ている。

中央南署《ちゆうおうみなみ》組織犯罪対策係の主任奈良淳一《ならじゆんいち》も到着したらしく、だみ声で、容疑者たちの仕分けを指示している。奈良は四十二歳の警部補だ。マルボウ一筋のたたき上げである。

奈良が入ってきた時点で、現場の指揮権は奈良に移動する。突っ込みまでが路子と藤堂の自己判断に委《ゆだ》ねられていた。

「草凪さんは、反応しませんでした。シャブに関してはシロです、ちなみに葉山選手を調べましたが、こっちもシロです。賭博と買春で挙げますか」

廊下から知乃の声がした。

「いや、有名人ふたりは他の連中と分離して、どこかの部屋で待機させてよ」

スポーツ界にも内通者がいるに越したことはない。

「ちなみに、葉山選手より、草凪さんのほうが大きかったです」

「聞いてないからっ」

路子が怒鳴ると、知乃はすごすごと、引き上げていった。

金庫の隙間がかなり開いたところで、藤堂が鑿《のみ》とハンマーに取り換えた。

「ほら、ここに見えてきただろう」

隙間から、銅色の横棒が見えた。幅二センチ、奥行き一センチほどの横棒だ。

こいつを打ち砕いてしまえば開く。

藤堂が鑿を当てた。

「炸薬《さくやく》か何かで、ドカンとやってしまえないの？」

路子は腕を組んで訊く。

「おまえなぁ。金庫の中に本物のダイナマイトが入っていたら、どうすんのよ」

「そうか。うちらごとドカンね」

路子はため息をついた。だいたい自分の仕事を終えたかと思うと、とっとと帰ってビールを飲みたくなってきた。

藤堂の地味な作業は五分ほど続いた。半円形に金庫を囲んだ残りの四人は固唾《かたず》を呑んでその作業を見守っていた。

バキンとバーが折れる音がした。

「ふぅ。やったぜ」

藤堂が金庫破りに成功した悪漢のような笑顔を見せた。

路子が片側開きの扉を開ける。

「うわぁ」

最初に飛び込んできたのは、札束である。帯封のついた百万単位の札束が、堆《うずたか》く積まれていた。見当もつかないが、ざっと三億はある。

下段に視線を送ると、書類の山。

様々な帳簿類だ。

フロント企業の裏帳簿、それにそのフロント企業を通して貸し付けている裏金の貸出先リストなどが数冊挿し込まれていた。

宝の山だ。

他にUSBメモリースティックがびっしり入った小箱もあった。おそらく薬物取引の詳細なデータや暗号が入っていると思われる。

「やったわね。これで泰明会がどの政治家や財界の重鎮《じゅうちん》に手を伸ばしていたか、わかるわ」

路子は藤堂に耳打ちした。他の突入班の刑事たちに聞かれないためだ。連中の眼は札束と覚醒剤に釘付けになっている。

裏帳簿は押収したからと言って、すぐに公表するつもりは、さらさらない。そんなことをすれば政局となり、経済界の混乱は避けられなくなる可能性もあるのだ。

それで、喜ぶのは他国だけである。

路子たちは国益に反する捜査をするつもりはない。

ただ永田町と霞《かすみ》が関《せき》のワルたちを叩きのめしたいだけだ。

(ヤクザより汚いことをやっているのはあいつらだ)

「組織犯罪対策係」が闘う「組織」には永田町や霞が関も含まれると思う。それが路子の意志だ。

この本音は中央南署の署長にも隠している。奈良、藤堂、路子の独断捜査である。

「この一番下にあるアルバムとか缶はなんだろう?」

藤堂が蟹股《がにまた》で屈みこみ、金庫の最下段を覗いていた。

分厚いアルバムと飴缶のような平たい丸缶を取り出す。丸缶の中身は映画フィルムのようだ。アルバムは二冊。丸缶は五缶あった。

【桜映《おうえい》映画——一九四八　Mフィルム】とある。

「Mフィルムってなんだろう。桜映映画というのも知らないし」

「マゾフィルムってか?」

藤堂が茶化した。

路子は蓋を開けた。モノクロの十六ミリフィルムだった。蛍光灯に透かして見る。

「まぁ、いやだ、これずいぶん昔の無修正エロ映画みたい」

十六ミリフィルムなので、一コマが小さくてはっきり見えないが、どうやら女が股を開いている映像のようだ。

「一九四八年といえば占領下だ。米兵相手に売るブルーフィルムだったんじゃないか？」

答えながら藤堂はアルバムのほうを開いた。

アルバムを開くなり、わっ、と喚いた。

「なんだこりゃ。ヤバすぎだぜ」

藤堂のアルバムを持つ手が震えていた。横からそのページを覗いた路子も、思わず右手を口に当てた。

十六ミリのフィルムとは異なり、印画紙に大きく写されていたのは、フェラチオをしている女の横顔だった。

軍服ズボンからにょきりと陰茎が飛び出した巨根を、和風美人の女が咥え込んでいた。頰をへこませ、うっとりした表情で舐めている。

巨根の男は下半身しか写っていない。ただし女の頭を抱える軍服の袖が見えていた。

「この袖章」

藤堂が声をあげて星の数を数え始めた。星は輪状に配置されている。

「五つだ」

「警察庁長官？」

この世界では、警視総監が四つ、警察庁長官が五つ。それぞれひとりしかいない。

「ばか、うちは星じゃねぇ。旭日《きょくじつ》だ」

「そっか」

日本の警察のマークは旭日章。組対ではこれを代紋《だいもん》と呼んでいる。

「これは米軍の階級章だ。当時の占領軍のものだろう」

「五ってトップ？」

「あぁ元帥《げんすい》だ」

その当時の連合国総司令部の元帥と言えば、教科書に出てくる人だ。

「それ、ダグラス・マッカーサーの男根？」

思わず口走ってしまった。

「な、わけねぇと思うぞ。誰かが五つ星の階級章をつけた上着を着てしゃぶらせた写真を撮ったんだろうよ。七十年前にも詐欺師はいくらでもいたはずだ」

「だわよねぇ」

　それにしてもこの男根は太い。陰茎の捲《めく》れた皮の下方に小さな痣があった。本物のマッカーサーはどうだったのだろうか。

（ないだろうな）

　藤堂は頁を捲った。

　さまざまな猥褻《わいせつ》写真が貼られている。多数の男女の口淫《こういん》、交合の写真だった。

　いずれにも女の顔は写っているが、男は下半身かせいぜい胸元までだ。女との身体のサイズの比較から、男のほうは欧米系の人間だと推測される。

　やたらと浴衣や、日本髪の鬘《かつら》を被った女性が多く、これも日本女性を強調するための演出だったのだろう。

「しかし女は美人ばかりだ。パンパンには見えないな」

「没落華族の女とか？」

　一九四七年五月三日、日本国憲法施行と共に、明治時代から継がれた華族制度は廃止となった。その翌年の頃と言えば、旧華族たちも困窮を極めた時期である。

　祖母から、その頃、旧華族の子女を売りにしたホステスが突然増えたと聞かされた覚えがある。

　祖母はその頃、銀座のカフェーでホステスをしていたのだ。一九二三年生まれの祖母園《その》子《こ》は五年前に、九十年の生涯を閉じたが、晩年、路子に銀座時代の逸話をいくつも教えてくれたものだ。

「そういう人たちが、金目当てにエロ写真に出ていたのかな」

「まぁいいわ。持ち帰って調べようよ。泰明会が後生大事に金庫に隠し持っていたんだから、なにか重要な脅迫材料になっていた可能性はあるわ」

「あるよな」

藤堂が頷《うなず》いて、その一冊を抱えた。

「ゆっくり見る」

ほとんど個人的な趣味に近いのではないだろうか。

路子は、フィルム缶を一缶拾い上げた。Mフィルム。Mで思いつくのはやはりマッカーサー。

「M資金って、よく詐欺の手口に出てくるわよね」

「あぁ、マッカーサーが日本復興予算を隠していて、特別な人間だけに融資するという類《たぐい》のものだろう」

「そうそう」

パターンは何十種類もあるが、最後は先に保証金がいるということになる。そしてその保証金を払ったら相手はすぐに消えるという手口だ。

　戦後七十年以上たった現在でも、まだこれに引っかかる人間がいるから不思議だ。

「Mって、マッカーサーのことじゃない？」

「俺は単純に女性器の俗称だと思う」

　藤堂が言った。

「マ、」

　口にしようとして、やめた。あぶない、あぶない。うっかり口にしたら藤堂の今夜のオカズにされるところだった。

　そこに主任刑事の奈良淳一がやって来た。

「客は参考人として分散して護送車に乗せる。被疑者の山根と若衆三人は、ワゴンだ。俺が同乗する。黒須たちは偽装車で戻ってくれ」

「了解しました」

　奈良にもときどき金を融通しているが、先日の給料日に全額返済されている。貸しがないので、敬語で応じた。

「現金とシャブは、本島《もとじま》が専用車で本庁へ運ぶ。それ以外は所轄だ」

　本島とは警視庁の組対部4課係長だ。二十七歳。キャリアがわざわざ捕り物の見学に来たので、奈良としては、手柄を付けてやることにしたのだろう。

暴力団の資金源である覚醒剤と現金は本庁のキャリアに、手柄として差し出すわけだ。

奈良なりの処世術だ。

「わかりました」

所轄の刑事たちが大勢やって来て、現金と覚醒剤を段ボールに詰め込み始めた。

路子と藤堂、奈良の三人は、金庫から少し離れた位置で、小声で話し合った。

「書類やこのフィルムは私たちで運び出しますがいいですね」

それぞれ書類やアルバム類は両手に抱えていた。

「もちろんさ。黒須と藤堂で頼む。こっちが十分分析してからだ。本庁の機密が交ざっている可能性もあるしな」

あればぜひとも自分で隠匿《いんとく》したい。利用価値はさまざまだ。

「このフィルム缶は？」

奈良に訊かれた。

「後ほど説明します。書類同様、重要な手掛かりになるものかと」

「わかった。上手《うま》く隠して持ち出せ」

奈良はリビングのほうを振り返った。キャリアの本島のことが気になるらしい。

「俳優の草凪雅彦と野球の葉山聡介は、エスに仕立てあげられそうなので、本庁には内密にしていただけますか」

　廊下を歩きながら依頼する。

「わかった。ここから上手く運び出せ。他の客たちが将来吹聴しても逮捕歴を残さなければ証拠はない」

「承知しました」

　路子と藤堂は、押収物を台車に積んできた大手通販会社の段ボールに入れた。

4

　山根たち関東泰明会関係者を乗せた護送車が先頭を走った。白のワンボックスカーだ。中央南署のある明石町《あかしちょう》へと向かう。

　そのすぐ後ろに現金輸送車が付いた。特殊鋼で覆われたライトバン。見た目は普通だが、ダイナマイトを投げつけられても破壊されない耐久性がある。

　もちろんマシンガンを撃ち込まれても車体はもとより窓さえ貫通はしない。要するに戦車のようなライトバンだ。

現金と覚醒剤はこれに積み込んだ。警視庁の本島係長がこれで桜田門へと直行する。

参考人たちは、謀議しないように、パトカーや覆面セダンに分乗させられて、すでに出発してしまっていた。

路子たちは、偽装宅配トラックに乗り込んだ。

路子がステアリングを握り、晴海《はるみ》から勝鬨橋《かちどきばし》方面へと進んだ。助手席に、特攻服を脱いだ藤堂が座っている。ジャージ姿だ。

「草凪はさすが役者だな。宅配便配達員の制服が妙に似合ってやがる」

「あんたの特攻服は？」

「葉山のガタイがでかくて、配達員の制服がなかったので俺の特攻服を着せた」

ふたりとも荷台に乗せてある。

陽はとっぷりと暮れていた。僅かに雨が降ってきていた。霧のような雨だ。ワイパーを作動させる。

「書類を保管庫に入れたら、新橋《しんばし》で飲む？　あんたの奢りでだけど」

路子は訊いた。

「しょうがねえな。五万しか借りてねえのに、今日いくら奢った？」

「完済するまでの口止め料と思えば高くないでしょう」

「ちぇっ」

勝鬨橋を渡り終え、左手に役目を終えた築地《つきじ》市場が見えてきた。取り壊しのためか、はたまた引っ越しがまだ完全に終わっていないのか、中央通りに数台のトラックとクレーン車が停車していた。

先頭の護送車は速度を上げ、さっさと築地四丁目の交差点を右折してしまった。築地本《ほん》願《がん》寺《じ》方向だ。

すぐ前を走る現金輸送車が、左に寄った。彼らは直進だ。

「お先に」

路子はひとりごちて、現金輸送車を追い抜き、右折車線へと入った。対向車の切れ間を待ちながら、待機する。

なにげに左のサイドミラーを眺めた。水滴が付着したミラーに現金輸送車がクレーン車に吊り上げられる光景が映っていた。ゆらゆらと見えるので、夢を見ている感覚だった。

「藤堂、ちょっと輸送車を見て」

路子は声を尖らせた。

「なんだよ」

バックミラーでは見えづらい。藤堂はサイドウインドーを開けて、顔を出した。雨は思った以上にひどくなっていた。

「おいっ、Uターンしろ。現金輸送車が吊り上げられている」

「やっぱそうよね」

路子は前方を向いた。

「むりっ。対向車が切れない」

「サイレン鳴らせよ。赤色灯は？」

藤堂も怒鳴り声を上げた。

「宅配トラックがサイレン鳴らしても、普通、誰も止まらないでしょう。赤色灯なんて積んでないし」

そもそもこの偽装トラックは追跡用ではないのだ。待機観測用の車両だ。

「くそったれめが」

藤堂が助手席から飛び降りた。中央車線と左側車線を疾走してくる車がけたたましくクラクションを鳴らした。

路子は、振り向き荷台側の窓を叩く。ひとりが顔を出した。

「運転を代わって。右折したところで止めて」

言うなり、路子も運転席から飛び降りる。

「わっ」

対向車線を走ってきた軽トラに撥ねられそうになった。急ブレーキをかけた軽トラの運転席から角刈りの男が顔を出した。捩《ねじ》り鉢巻をしている。

「てめぇ免許持ってんのか、このデブっ」

いかにも魚屋のおっさんだった。路子は頭を下げながら、ナンバーを記憶した。

（デブはない）

巨乳なだけだ。防弾ベストを外したので、小玉スイカがふたつ飛び出しているように見えるのはしょうがない。

路子はそのまま、走って来る車を避けながら、築地市場跡地のほうへと走った。

かなり前方を藤堂が走っていた。ジャージに雨が染みて重そうだった。

クレーンのフックが現金輸送車のリアバンパーにかけられ、そのまま吊り上げられたようだった。いかに堅牢なライトバンでも吊り上げには敵《かな》わない。

運転席は真下を見下ろす格好になっていた。これは恐怖だ。逆落としを食らうようなものだ。

クレーンの真下でトラックが待機していた。十トントラックだ。運転席にフェイスマスクをした男がふたり乗っていた。

藤堂がかなり接近していた。路子も続く。雨足が速くなってきた。

ズドンと音がして現金輸送車がトラックの荷台に落とされた。

トラックはすぐに走り出した。

藤堂がポケットから拳銃を取り出した。サクラM16。トラックの正面に向けて引き金を引く。突如、雨中に乾いた音が鳴り響いた。パンパンと二発発射した。

フロントグリルに当たったが、白煙が上がっただけだった。十トントラックが、そのまま前進してくる。クレーン車も続いて来た。二台は猛然とスピードを上げてきた。

藤堂は歩道側に倒れ込み、回転しながら発砲していた。

巨大なサイドミラーが飛び散ったが、そんなことはお構いなしに、巨大なトラックは突き進んでくる。

十トントラックが、藤堂の真横を通り抜けていく。藤堂はタイヤを狙い銃身を下げた。

そのときだった。

トラックの助手席の窓が開き、黒のフェイスマスクをした男が藤堂めがけてボールのようなものを投げつけてきた。藤堂の顔面で炸裂《さくれつ》する。

「うわっぁあああああああ」

藤堂が絶叫した。顔面が真っ赤に染まっている。

血ではない。ゴムボールに入った液体ハバネロが顔中に飛び散ったのだ。防犯スプレーで使われる素材だ。藤堂は歩道の上をぐるぐると回転しながら喘いでいる。

「ちっ」

路子は、トラックを諦め、傍らの自販機に走った。ペットボトルを二本買い藤堂の救護に向かった。

「目を絶対開けないでっ」

その顔にミネラルウォーターをかけてやる。

「いてぇえええええ」

「ビール飲みに行っている場合じゃなさそうね」

振り返ると、十トントラックとクレーン車は消えていた。築地四丁目交差点を左折してしまったようだ。

路子は、ずぶ濡れになりながら、肩を震わせ、呆然《ぼうぜん》と行き交う車を眺めた。

（ぶっ殺してやる）

身体に流れる鉄火の血が騒いだ。祖母の血筋だ。

第二章　一九四八年のMフィルム

1

「本島君と運転手の藤井《ふじい》君の安否が確認されるまではこの事案は極秘扱いとなった」

署長の岸部《きしべ》辰徳《たつのり》が本庁の緊急会議から戻ってくるなり、そう言った。

まだ、マスコミは事の次第を摑んでいないということだ。おそらく発覚しても、誘拐事件同様、協定を結ぶつもりだろう。

警察官であれ人質になっている以上、人権はある。いたずらに報道されて、容疑者を刺激されても困る。

現時点で容疑者はほぼ極道であると推定出来る。捜査のマトは絞り込みやすい。問題はふたりの命である。

殺害されれば、警察のメンツは丸潰《まるつぶ》れになるが、同時に殺すほうも覚悟がいる。襲撃したのが極道であれば身内を殺害された警察の報復措置は、ヤクザ以上であるということを熟知しているはずである。

路子は、一両日中に、ふたりがどこかの倉庫辺りで発見されると踏んでいた。

やったのが関東泰明会であれ、ライバル団体であれ、とりあえずキャッシュと覚醒剤が手に入れば、無用な殺人など起こさないはずだ。

もちろん相手が「まともな犯罪者」であれば、だ。

路子の認識では、関東泰明会は「優良犯罪者」の部類に入る。素人相手の殺人はやらないからだ。

署長室の窓から聖路加《せいるか》国際病院が見えた。タワーマンションのような容姿が星空にくっきりと映えていた。

真冬だというのに、岸部はバタバタと扇子で扇ぎながら路子たちの真向かいに腰を下ろした。

「幸いなことに、現金もブツも本庁の管轄に入った時点で奪われたので、こっちにお咎《とが》めはなしだ」

まずはそこか、と路子は苦笑した。

奈良と藤堂と共に、署長室に呼ばれていた。本日の突入を計画した三人だけだった。路子たち三人は、署長には内密にしていたことがある。

突入は、裏カジノの摘発とだけ言っていたのだ。現金と覚醒剤はあくまでも副産物として伝えてある。

もっとも手に入れたかった裏帳簿類の押収に関しては、この三人の機密になっている。毒にも薬にもなる証拠品だからだ。使い方は三人で決める。

「ということは、ここから先は、本庁の組対が主体になって捜査するのですよね」

奈良が訊いた。

「当然そうなる。本庁組対の沢田さんは相当カリカリしていた。会議でも眼が血走っているように見えた」

逆に岸部の眼は爛々《らんらん》としていた。他人の不幸は蜜の味を地で行く男だ。

「うちらは、どんなサポートを」

主任の奈良が確認する。

そもそも組対係の係長である長谷部《はせべ》宗輔《そうすけ》が同席していないのがおかしい。飛ばして主任の奈良が、署長から直接指示を受けている形になっているのだ。

この呼び出しに、裏があるのは間違いない。

もっとも長谷部はただいま、逮捕した山根の取り調べ中だ。簡単に吐く相手ではない。長期戦になるだろう。

「全面的に協力をせねばなるまい」

岸部が薄くなった頭頂部を撫《な》でながら言う。

今度は藤堂が発言した。

「とはいえ本庁にも関東泰明会の担当はいることだし、特に私たちに訊いてくることはないでしょう。しかもこの辺りは、警視庁のおひざ元です。道案内も必要ないでしょう」

相変わらずしわがれた声で言っている。

「いや、今回は、本庁だ、所轄だ、と言っている場合ではない、組対《マルボウ》同志の意地を見せてやらねばなるまい。いや、厳密にいえば、警察側の意地だがね」

「警察側の意地？」

奈良が、いきなり前のめりになった。

路子も耳を澄ます。

（それどういうこと？）

岸部がローテーブルの上に顔を突き出し、声を潜《ひそ》めて言う。岸部の顔は大きい。

「関東泰明会に対して内調が探りを入れ始めていたことが判明した」

ドキリとする内容だった。

自分たちと同じ書類を狙っていたのではあるまいか？

とりもなおさず内閣情報調査室が、一介のヤクザに手を突っ込んできたということは、関東泰明会が他国の諜報機関と通じている可能性を指す。

路子は、刑事課の会議室に積み上げてきた段ボールの箱を思った。いまごろ誰かがコピーを取っている可能性があった。自分たちはすでにこの部屋で一時間以上待たされているのだ。細工をしておいてよかった。

岸部が、顔を突き出したまま言った。

「第一に、内調の情報官が警視庁の本島君を保護などしてしまったら洒落《しゃれ》にならんじゃないか」

「それは確かに警察の沽券《こけん》にかかわりますな」

奈良が言いながら身体を引いた。これ以上、岸部と顔を近づけていたくはないのだろう。わかる気がする。岸部も身体を起こしながらつづけた。

「ましてや内調の情報官にこっちの不祥事でも嗅ぎつけられたら、かなわんしなぁ」

岸部の口調が京都訛《なま》りになった。本音を吐いたということだ。

おそらく、くだんの緊急会議では、その部分が一番討論されたのではないだろうか。

「内調などに、マルボウのエリアを掻きまわされたくないですね」

奈良が片眉を吊り上げた。

相手が相手だけに、組対系刑事はかなりな不法捜査をしているのは事実だ。管理官も多少は目をつぶってくれている。

岸部が腕組みをしたまま続ける。

「昔のように官庁間の裏取引が出来ひんようになった。内調に弱み握られたら、生涯使われるで」

それが、本音である。

長期政権が続いていた。ひょっとしたら戦後の歴代最長記録である佐藤栄作《さとうえいさく》政権を抜く勢いだ。

おかげで近頃は何ごとも官邸主導になり、官僚は常に政治家に忖度《そんたく》せねばならないという事態に陥っていた。

政権はせいぜい三年程度で、交代してくれたほうが、官僚にとってはやりやすい。平たく言えば、人事権を政治家に渡したくないのだ。

すでに六年目に入った現政権は、各省庁の人事に関して万能になりつつある。

政権にとって不都合な人物であれば、過去三十年、重宝《ちょうほう》されたはずの人材も、あっさり切ってくる。それが現在《いま》の官邸だ。

その采配《さいはい》を振っているのが、内閣官房副長官である。

内調は、その男の直轄下にある。

「長官も総監も必死さ。政治ともっとも距離を置かなくてはならないのが警察だからね。他の役所みたいにうちらも忖度を始めたら、これはもう国の体《たい》をなさなくなる」

まったくその通りだが、だからと言って、路子は、この岸部辰徳の言葉を額面通り受け取るつもりもなかった。

これもひとつの霞が関の縄張り争いである。

岸部が立ち上がり、デスク脇の日の丸の旗を見ながら、背伸びをした。

「きみたち三人には所轄独自の捜査をしてもらいたい」

いよいよ、本音が出た。

「どういうことでしょう？」

奈良が、岸部の魂胆《こんたん》を承知で聞き返す。

岸部がもっともらしく語り始めた。

「警視庁と内調には通じあっている者も多い。とくにキャリアには内閣府や内調への出向経験者が多いからね。ここは、所轄がこっそり別動隊を立てるに限る。本島君の行方探しは、本体がやる。きみたちには泰明会の水面下での動きを探ってもらいたい。とくに山村《やまむら》興行に潜って欲しいんだが、どうだろう？　赤坂西署《あかさかにし》には内密に」

三人だけ呼ばれた意味がわかった。所轄の他の刑事たちは建前上、本庁刑事の配下に入るが、自分たちだけは、そこから切り離されるのだ。

「わかりました。我々三人で、やってみましょう」

奈良が答えた。

山村興行とは、赤坂でキャバクラやホストクラブを経営している会社だが、れっきとした関東泰明会のフロント企業だ。

山村興行が五年前に開いたナイトクラブ『ゴールデンエンパイア』は、表社会と裏社会を繋ぐ交差点と呼ばれている。昭和三十年代を彷彿《ほうふつ》させるグランドキャバレー形式だ。

「みなさんの捜査情報は、直接私にあげて欲しい」

岸部は笑わずに言った。路子は、笑い出しそうになるのを必死でこらえた。

（泳がされるのだ）

そう確信を持った。

三人は、署長室を出ると全員無言で廊下を進んだ。

早く互いに言葉を交わして確認し合いたいことが山々あるが、安全地帯に入るまで、我慢だった。

いったん、三階の刑事課に戻り、たわいもない会話を交わすと、それぞれバラバラに部屋を出た。

路子は、会議室に段ボール箱を確認しに行った。一見、最後に確認したときと同じように見えるが、雰囲気が少し違う。

中を覗いた奴がいるようだ。

路子は署を出て、銀座《ぎんざ》まで歩いた。

歌舞伎座《かぶきざ》の前を通り、三越《みつこし》百貨店の方向へと進む。黒のハーフコートにデイパックを背負っていた。ときおり吹いてくる寒風が頬を刺す。銀座はもう完全にクリスマスモードに突入しているようだった。

ジングルベルのBGMを聞きながら、四丁目の交差点から地下へ潜る。銀座線に乗り、一駅違いの新橋で降りた。

烏森口《からすもり》に出て、戦後の闇市の影をいまだに色濃く残しているような一角へと進む。目指す木造二階家の料理屋は、その辺りでもひと際鄙《ひな》びた店であった。

奈良と藤堂が待っていた。湯豆腐で熱燗《あつかん》をやっている。

路子は、藤堂の横に座った。ビールを頼む。真冬に飲むビールが好きだ。

「書類は、無事か？」

奈良が訊いてきた。思いは同じだったらしい。

「様々な可能性に備えて最初《はな》から偽装車にさらに偽物の書類を乗せておきました。降ろしたのはそれです。本物は、まだ偽装車の中です」

偽装トラックは、署のすぐ近くにある本物の物流センターの駐車場を借りて停めてある。

「どんな偽物だよ」

藤堂が、プッ、と笑いながら訊いてきた。

「根拠のないでたらめな帳簿。歴代総理に毎月一千万円の裏金を渡していたとか、逆にCIAから毎月振り込みが二千万円ずつあったとか。あとは、大企業からも、定期的に振り込みがあって、ラスベガスの代理人に渡していたとか。ちゃんと銀行通帳もリアルに作成して添付しておいた」

「それ、でたらめでもかなりリアルな内容じゃないかよ」

藤堂が突っ込んできて、奈良は蒼《あお》ざめていた。

「偽物を作成していて気が付いたんだけど、人間て、意外と自分の願望を嘘に込めるものね。こうなったら凄いな、という仮説をどんどん放り込んじゃった」

ちょうどビールがきたので、路子は乾杯のポーズをして、喉に流し込んだ。いがらっぽかった喉が潤う。

「黒須、おまえさ、今度は誰を陥《おとしい》れたいんだ？」

と藤堂。

「飽きてきたんだよね。私、短気だから」

「なんのために？」

「いまの政権」

本音だった。

「政権の弱み握って、揺さぶるってか？　公安にチクってやるぞ」

藤堂が呆《あき》れた顔した。

「握れるものなら握ってみたいわ、総理のキンタマ」

言いながら藤堂の股間に手のひらを這わせ、いきなりぎゅっ、と握ってやった。

「うっ」

藤堂が口から泡を吹いた。

「あれ、昇《い》っちゃった？」

奈良が会話に割って入ってきた。

「いま藤堂から聞いたんだが、妙なアルバムとフィルムが出て来たらしいな。それはどうした」

「それはこのバッグの中です」

路子は、持参のデイパックを叩いた。カンカンと鳴る。五缶すべて入れてある。

「これ、警視庁以外で見られるところないかしら?」

「映画館」

藤堂が湯豆腐を掬《すく》いあげながらぼそっと言う。普通だけど当たっている。映画は映画館だ。

「いまから押さえられるかしら?」

「管轄の映画館なら、俺が押さえられる」

奈良が手酌しながら笑顔を見せる。

2

「いまどき、十六ミリを回す映画館なんて、普通ないよ。まぁ、備品としてまだもってはいたけどな。ま、いちおう、うちは映画会社だし」

白髪の映写技師が、倉庫から小型映写機をぶら下げて、客席に戻って来た。灰色のプラスティックカバーには綿埃《わたぼこり》がまだ付着したままだ。

東銀座にある大手映画会社系の直営館「松劇《しょうげき》」。時刻は午後十一時を回っていた。

中央南署から近いこともあり奈良はよく通っているらしい。

路子たち三人は、閉館した後の客席中央に座っていた。売店は、当然閉まっていたが、自動販売機でポップコーンとコーラを買うことは出来た。映画館は何といってもポップコーンとコーラだ。

「奈良さんは、西銀座の芸風のほうが好きだろうよ」

技師が客席の中央通路に置いた木台の上に映写機を置きながら言う。

「酒井《さかい》さん、それは大昔だろう。いまはヤクザ映画じゃなくて警察物だったりする。いまじゃ『アウトレイジ』はワーナー、『新宿スワン』はソニーが配給する時代だ」

奈良は要するにその手の映画が好きらしい。

酒井技師は映写機のカバーを外し、リールをセットしだした。都内各地の劇場でフィルムを回して五十五年になるそうだ。御年《おんとし》七十七歳だ。いまだに現役である。

「こいつは、エルモ16Fシリーズってやつでね。昔は小学校とかで、よく使われていたものさ」

「へぇ〜。確かにさ、視聴覚教室の片隅にそんなの置いてあった気がする。ただ俺の世代でももうＶＴＲだ。まだベータもあった時代だがね」

奈良が答えた。路子はＶＴＲの時代すら知らない。小学生時代はＤＶＤだ。それももはや古い。いまや画像も音も空中のクラウドに保管されている時代だ。

「酒井さん、そこに書いてある桜映っていう映画会社ってわかりますか？　ネットで検索しても出てこないんですよ」

「あぁ、桜映……これね。正式な映画会社じゃないから。一種のレーベル名。戦後ひときあった桃園《ももぞの》映画社の裏ブランドだよ。一般的ではなかったから、ネットで調べても出てこないだろうね」

酒井はすらすら答えた。フィルムを透かして見て、微苦笑《びくしょう》したりもしている。

「桃園映画？　裏ブランド」

路子はすぐに『桃園映画』をスマホで検索した。

「あったわ」

【桃園映画社。一九四五年十月〜一九五二年四月。京都に本社を置いた映画配給会社】

流し読みすると、アメリカ映画を輸入し、米軍基地、施設内での上映をしていたらしい。社主桃園誠人《まこと》は旧侯爵で、関西財界の裏フィクサー、あるいは戦後の混乱期の芸能界の裏パトロンと呼ばれた人物。

やたら裏という文字が目立つ。

桃園は、連合軍総司令部内に強力な人脈があり、華族政商とも称されていたそうだ。一九六四年にワシントンで死亡している。長女桃園貴美子《きみこ》は、現在も京都に暮らしている。香道《こうどう》の家元らしい。

なんだか、祖母の人脈に繋がりそうな男だ。

「いろいろ噂のあった会社だね。表向きの配給だけじゃなくて、ハリウッド製のエロフィルムも入手していたとか、日本国内で制作していた無修正ブルーフィルムが五作だけあるとかね。これがそれだったら、一本一億円以上の値がつくよ。私ら活動屋にとっても都市伝説のような話で、まさか生きている間に出会えるとは思ってもいなかった。十六ミリっていうのが当時を彷彿させるね。おそらく三本ターレットのボレックスH16で撮ったんだろうよ」

路子はボレックスとは何ぞや、と思い、すぐに検索した。十六ミリフィルムの代表的なスイス製カメラで、一九四〇年代に日本でも普及し始めたようだ。ニュース映画撮影の花形だったとも書かれている。ついでに三本ターレットも引く。三種類のレンズを回転式で変更出来るタイプだ。参考画像には確かにレンズが三本ついている。ズームがまだ一般的ではなかった時代だったわけだ。

フィルムをセットし終えた酒井が、

「奈良のだんな、客電をおとしてくれないか。なんならブザーも鳴らしていいぜ」

と、振り返った。

奈良が頷き、階段状の客席を上っていく。本来の映写室に入り、電源を落とした。客席が闇に変わる。

本当にブザーが鳴った。懐中電灯《フラッシュライト》で足元を照らした奈良が戻ってきたところで、酒井がスイッチを入れた。

ロードショー館の大型スクリーンに、十六ミリのモノクロフィルムが投影された。元が十六ミリサイズとコンパクトなため、周囲の余白がかなり目立った。

桜映という文字がセンターに入り、背景に桜の木が映った。モノクロ画像なのでなんとなく淋《さび》しく見える。

続いて「Mフィルム１９４８」の文字。

「わっ」

「おぉ」

「いやっ」

奈良、藤堂、路子の順に声を上げた。

スクリーンに巨大な男根が現れたのだ。本当に大きいのか、アップされているせいなのかはすぐにわかった。

剛直する男根の横に煙草の箱が翳《かざ》されたのだ。ラッキーストライクの箱だ。

「笑わせるな。日本人のサイズじゃないと言いたかったんだろうよ」

酒井が薄笑いを浮かべる。

その男根の尖端に舌が這う。薄い舌先だ。亀頭の裏側を執拗に舐めていた。肉棹が脈動した。筋が走る。

ポップコーンを頬張っている余裕はまったくなくなった。

スクリーンに目が釘付《くぎづ》けになった。

画面に色がついていないというのは、より生々しいものだ。路子は生唾《なまつば》を飲んだ。ゴクリという音が、隣の藤堂に聞かれたようで恥ずかしかった。あわててコーラを飲んでごまかす。

カメラが少しずつ離れていく。ズームレンズはまだ導入されていないので、撮影者が後退しているということだ。

次第に女の顔が見えてくる。

（この顔？）

路子は胸底で声を上げた。記憶の片隅にあるような顔なのだ。

「この女優、北条君枝《ほうじょうきみえ》じゃないか？」

酒井が唸《うな》るような声を上げた。

そうだ、その女優だ。古いアクション映画でバーのマダムや、ギャングの愛人をよくやっていた役者だ。

祖母と一緒に暮らしていた頃、よくそんな時代のＤＶＤを観ていたから見覚えがあったのだ。

「この頃の北条君枝は、二十歳かそこらだろう。まだ初心《うぶ》な感じがする。彼女は、昭和三十三年つまり一九五八年頃からギャング映画の脇役としてブレイクし始めるが、この頃はまだ、まったく無名のはずだ」

酒井が解説してくれた。

その北条君枝がいま目の前の画面でフェラチオをしているのだ。

驚愕《きょうがく》である。

どうしてこんなブルーフィルムに出演したのか？

戦後の混乱期のことである。さまざまな事情が推測出来るが、それはいったん脇においいて、画面の進行を見守ることにした。

男の顔は見えてこない。椅子に座って下半身だけ裸なのだ。上着はつけている。アルバムの写真と似ている構図だ。袖章が見えた。

「これは星、二個だな」

藤堂が言った。なんとなく語尾が震えていた。押収物で、発情しないで欲しい。

「少将ね」

路子はすでに米軍の階級章を頭に入れていた。陸軍ならば、星は大佐のひとつから始まる。二個はその上の少将だ。

無名時代の北条君枝が、その小さな口の中に亀頭を導き、根元を擦り始めた。音がしないのがよけいに想像力を掻き立てる。

貸し切り状態の客席にカタカタとリールの鳴る音だけが響き、フェラチオシーンが延々と続いた。

「たぶん、出るまで撮り続けたんだと思う」

酒井がそういった。早回しというのは出来ないらしい。北条君枝の唇のスライドが次第に速まっていく。

しばらくして、巨根がビクンと震え、君枝の口の動きがピタリと止まった。

（出た？）

全員がスクリーンに眼を凝らした。北条君枝が、口の端からドロリと白い液をこぼして見せた。その顔にレンズが近づいていく。

藤堂が喉を鳴らす音が聞こえた。言葉をかけるべきではないと思った。

いきなり、画面が切り替わった。北条君枝がベッドの上で両脚を開いている。陰毛がぼうぼうとしていた。彼女のその後の野性的なイメージそのものだった。

女の狭間《はざま》も丸見えだった。白と黒の陰影だけでその部分を映し出しているのに、色がくっきりと、浮かんでくるかのようだ。

おそらくは薄桃色であろう肉厚の花びらが、その縁をゆらゆらと揺らしている。匂いまで漂ってきそうだ。

そこに裸の男の後ろ姿が現れた。素っ裸だ。骨格から白人なのは間違いない。横顔は微かに映ったが、サングラスをしていた。茄子《なす》型のサングラス。たぶんレイバンだ。

「マッカーサー」

路子は思わずそう呟《つぶや》いてしまった。

「だから、そんなわけないだろう。マッカーサーは頭頂部がもっと禿《は》げているだろう」

「そっか」

藤堂に、却下されおとなしく画面を眺め続けた。

正上位で白人男性が挿し込む瞬間を、カメラは真後ろからとらえていた。君枝の小さな秘孔《ひこう》が泡吹いていた。小さな穴がヒクついている。

そこにゆで卵のような亀頭があてがわれた。むりむりと這入りこんでいく。

（あぁああ）

自分が、挿し込まれてしまうような錯覚に襲われた。パンツスーツの奥で秘孔が疼《うず》いた。これはまずい。自分の発情臭を上げてしまいそうだ。

白人と北条君枝の結合部に焦点が合っていた。ゆっくり抜き差しが開始された。

穴に肉棒が押し込まれては、抜き出されてくる。実物よりはるかに大きく見える睾丸が、ぶらん、ぶらんと踊っていた。

単純な出没運動の繰り返しなのに、見ている自分の腰が、いつの間にか上擦りだした。

映画の力は偉大だ。

（あぁ、はぁ、ふひょ、あっ）

しまいには画面からは聞こえない喘ぎ声を自分が胸底で発している。濡れて、濡れてしょうがなくなっていた。

次第に男の腰使いのピッチが速くなる。

路子の呼吸も乱れ始めた。本当にまずい。

男の背中に回された君枝の両手に力がこもる。いきなり顔がアップになった。

「きっちり鋏を入れて編集してやがる。てぇしたもんだ」

酒井が唸った。

君枝の切羽詰《せっぱつ》まった顔に、路子も気持ちが追い立てられた。

（オナニーしたいっ）

切にそう思った。指を二本入れて掻きまわさなければ、気が済まない想いだ。

画面にいっぱいに映る君枝の顔がくしゃくしゃになった。後年の彼女からは想像もつかない乱れた表情だ。

白人の耳元に唇を寄せ、譫言《うわごと》を並べているようだ。

路子はその顔を見つめながら、寄せ合わせた太腿《ふともも》をもじもじと動かした。隣の藤堂に悟られないように股間を寄せ合わせ、圧力を加えていく。

（男の名前を呼んでいるんだわ）

読唇術《どくしん》の心得はないが、君枝が何度も同じ言葉を繰り返していると、なんとなく気づいたのだ。

イクっやカムッよりも長い言葉だ。気を散らしたいこともあって、路子は銀幕の中の北条君枝と同じように唇を動かしてみた。
（チャ）
最初の一音はそれだ。続ける。音引きめいている。

（ールズ）

君枝がもう一度、言った。繋げて唱えてみる。

「チャールズ」

間違いない。

「えっ」

藤堂がこちらを向いた。

「相手の男の名前、チャールズっていうのよ。彼女の口がそう動いた」

「そうか」

どうでもよさそうだった。藤堂はすぐに視線をスクリーンに戻した。

（確かに、どうでもいいかもしれない）

ふたりはフィニッシュに向かって、突き進みだしている。

「おぉおお」

酒井が声を上げた。

画面が君枝の顔と結合部のアップを交互に映し出し始めたのだ。君枝のどんどん歪んでいく顔。激しくピストンされる様子のアップ。

　これが反復される。

（あぁあああ）

　路子は太腿を激しく揉《も》み合わせた。正直、昇きそうになった。昇ってもいいや、と思った瞬間に、君枝の眼が見開かれ、男ががっくりと首を垂れた。カメラがすーっと引いていく。どんどん引いていく。いきなり「ＥＮＤ」のマークが付いた。

　完全に置いてきぼりを食らった感じだ。

「この頃は、顔射《がんしゃ》で終わるなんていう演出はまだなかったんだろうねぇ」

　ずっと沈黙していた奈良が、ようやく口を開いた。

「それはないですよ。飛ばすシーンというのもほとんどなかったはず。顔射がブームになったのは八〇年代に入ってからです。ほらあの『ナイスですねぇ』っていう福島弁の監督が出て来てからですよ」

　酒井が講釈を垂れた。リールを外し、二巻目をセットしだしている。

「五分休憩をとろう」

　奈良の声に、藤堂と路子も同意した。三人同時にトイレに向かった。心なしか三人とも眼が血走り鼻息が荒かった。後から酒井も付いてくる。

女は、ひとりでよかった。路子は個室で、本能のままに指を動かした。

さんざん昇天して席に戻ると、男三人もすっきりした笑顔になっていた。

その後の四巻も、凄艶《せいえん》な作品だった。いずれも二十分程度の作品だが、そのものずばりの映像ばかりだった。

三巻目は逆パターンだった。

白人女を日本人男が慰める、というものだった。これは女の顔が映っていた。引き締まった身体の白人女だったが、やはり男のほうは見覚えがあった。

女の股間を舐めているのは、松田雅人《まつだまさと》。

北条君枝同様、十年後ぐらいに時代劇で活躍する俳優だった。

俳優ばかりではない。後年政治家になる男もこのとき3Pに加わっていたのだ。松田雅人に女の渓谷を舐めさせ、眉間《みけん》に皺《しわ》を寄せていた太った白人女は、右手に男根を握っていた。手筒で擦っている。その男の顔にも後の面影があった。

後年、政治家となった衆議院議員安本隆平《やすもとりゅうへい》である。

ただし、映っているこれらの有名人たちは、すでにこの世にいない。

どういう経緯でこの撮影は行われたのか？

　そして関東泰明会が隠匿《いんとく》していたのは、なにゆえか。

「なんだか、昭和の闇から伝言が回って来たみたいね」

　路子は言った。

「そんな気もするな。明日、俺は、どこかに籠って本物の書類を片っ端からチェックする。それと山根の取り調べ状況をそれとなく確認しておくさ」

　奈良が眠気を覚ますように、自分の頰を叩きながら言った。

「私たちは、赤坂のナイトクラブに潜入ね」

　路子は藤堂に確認した。

「そうだな。客として覗いてみよう。ゆるそうなボーイやホステスと出会えれば、突破口になる」

「だわね」

　映画館を出たのは午前二時過ぎだった。奈良と藤堂は疲れ切っていて、早々にタクシーを拾って帰路についた。

　路子にとってはまだ宵の口だった。そのまま母の経営する銀座八丁目のスナックに向かって歩いた。

　いまだに淫靡《いんび》な火照《ほて》りが残る身体に、冷たい風がちょうどいい。中央通りの東銀座から銀座通りの八丁目までは、斜めに進んだほうが早い。

路子は三原橋《みはらばし》交差点から、三井ガーデンホテルの裏側を抜け、銀座シックスを目指して歩いた。六本木や赤坂と異なり、深夜の銀座は人通りが少ない。活気があるのは、銀座通りの日比谷《ひびや》サイド、つまりクラブ街だけだ。

常夜灯に照らされた道を、コートの襟を立てながら進んだ。

たった今スクリーンで見た、政治家や俳優たち、それに占領軍関係者と思われる人間たちのことを想いながら歩いた。自分が七十年前の一九四八年にタイムスリップした気分になる。

背中に何か刺すような視線を感じた。

内調か？　極道か？　それとも身内か？

振り返らずに、歩く速度を上げた。背後の足音も速くなる。おびき寄せる。

数歩先に、ウインドーの灯りを点した洋服店が見えた。防犯用に夜中、明るくしているのだろう。煉瓦造りの外壁の上方に防犯カメラも付いていた。

路子はその店の前で、ふいに立ち止まった。ショーケースに飾られてあるロングコートを見上げた。価格など提示されていないが、公務員に買える代物ではない。

背後の男が仕方なく通り過ぎた。一緒に立ち止まるわけにはいかなかったのだろう。

ショーウインドーにその姿が映った。黒のステンカラーコートに身を包んだ男。ほんのわずかに顔が見えた。彫りの深い欧米人ぽい顔だった。足早に通り過ぎた。うつむき加減で歩いているのは、防犯カメラを気にしてのことだろう。

殺気はあった。

路子はふたたび歩き始めた。今度は路子が追う側になった。間隔を詰めようと急いだ。男は次の角を右折した。中央通り側だ。姿が消える。路子が小走りに追うと、いきなり正面から車がやって来た。ヘッドライトをハイビームにして直進してくる。

瞬時に眸が眩《くら》む。前方の景色がすべてホワイト化してしまった。

路子は手庇《てびさし》を翳して車の運転席を見やった。が、見えない。通常より光量が多いのではないか？　太陽のような強力ライトだ。

車は、フルスピードで路子のほうへと突き進んでくる。撥ねられる危険性も捨てきれず、路子は、咄嗟《とっさ》に電柱の裏側に身を隠した。

車はそのまま通り過ぎた。セダン車だったが、網膜に白い光の残照《ざんしょう》が残り、車種まで特定することは出来なかった。

路子は、瞼《まぶた》を擦りながら電信柱から次の角まで走った。辿り着いて中央通り側を確認したが、すでに黒いコートの男はいなかった。

殺《や》るか殺られるかの、デスマッチになりそうな気配だ。相手は不明だ。

3

タクシーが居並ぶ並木通りに面した「クロスビル」の五階に上がる。

スナック「ジロー」の扉を開けると、いきなり『ロンリー・チャップリン』の歌声が聞こえてきた。

歌っているのは父と母だった。

娘が警察官ということもあり、風営法に従って午前零時できちんと閉店しているのだが、閉店後、店は黒須家のリビングルームと化す。

防音装置も万全だから何の問題もない。黒須家の住居はこのビルの六階にある。祖母の吉田《よしだ》園子が残したビルだ。

父、一郎《いちろう》六十五歳。母、幸代《さちよ》六十歳。路子はこのふたりの一人娘だ。

祖父は黒須次郎《くろすじろう》。戦後の混乱期に成功した貿易商であり、その後は相場師として財を成した。

表舞台にその名は刻まれていないが、ある時期までは政界や財界の舞台回しをしていた人物でもある。

黒須は、一九五〇年代に祖母、吉田園子が銀座で開いていたクラブ「スイング」に、客として現れそういう関係になったということだ。黒須次郎はすでに四十代。吉田園子はまだ二十代であったという。

路子は、この吉田園子に子供の頃から『悪女学』を徹底的に仕込まれた。園子自身の銀座の女の知恵と、稀代《きたい》の相場師でありまたロビイストでもあった黒須次郎の哲学をブレンドした処世術だ。

『黒須は、情報収集の達人だったのよ。情報を得るためにはお金を惜《お》しまなかったわね。さまざまな方面から得た情報をもとに国を動かす手助けをしていたわ。それで結果、投資額の何百倍もの利益を得ていたのよ。相場を張っていたのは、隠れ蓑に過ぎなかったの。あんなもの人より先に情報があれば、勝てるに決まっているんだから』

それが、園子の口癖だった。

現に、園子もまた銀座という町に広く根を張り、さまざまな情報を得ることによって、財を成した。表と裏の金を繋ぐ銀座のママであったともいわれている。

路子が警察官の道を歩みながらも、署内で金貸しのような真似をしているのは、この血を引いているせいだと思っている。

利息を得たいがためではない。

金を借りた相手は、返済するまでの期間は口が軽くなる。そこで得る情報は大きい。人事情報、捜査情報、さまざまだ。

ノンキャリの刑事でも、いずれ国を動かせるようになる。

そう思っているのは、やはり祖父母の血のせいだろう。

祖母園子は、黒須から一冊の手帳を預かっているとされていた。後年、週刊誌やノンフィクションライターが何度も取材に来たが、残念ながらその手帳は家族でも存在を知らされていない。

手帳の存在は不明だが、孫の路子に一冊の通帳を残していた。

『二十二歳になってきちんとした就職をした場合にのみ贈与』するという条件付きで、顧問弁護士に保管させていた。三千万円だ。これが黒須金融の元手になっている。

父は一九五三年の生まれで、黒須の庶子として認知された。

したがって姓は黒須である。

黒須次郎は一九八二年に八十歳でその生涯を終えている。

財は残したが、事業は一代限りとなった。相場を読む天性の勘は、子に引き継ぎようがなかったようだ。本妻との間に出来た子は、女子ふたりでどちらも名門企業の創業家へ嫁いでいる。

庶子である父も黒須の恩恵を受けていた。経済的には何不自由なく育ち、大学を出ると、旅行会社に勤務し、五年前に定年退職した。

現在はＦランクの大学で観光学の講師をしている。

一方、母は、スイングのホステスであった。ふたりの縁を取り持ったのは、当然祖母である。稀代の相場師との間に出来た息子と、みずから手塩にかけて、水商売を叩き込んだ弟子を結んだのだ。

ふたりから出来た娘が路子である。祖母が路子と命名した。

黒須路子という名はクロスロードに因《ちな》んでいる。

『交差点の風景が一番面白い。一本道を歩くのが似合う人もいるが、交差点で四方八方を捌くのが似合う人もいる。水商売はそんな仕事だったね』

祖母のいまわの際の言葉である。

戦後から、昭和の終わりまで、銀座で生き抜いた吉田園子は、ビル一棟を残して逝《い》った。それがこのクロスビルである。

母は、路子が生まれるのと同時にあっさりホステスをやめ、専業主婦となっていたが、娘の就職と夫の退職のあと、階下の店子が出て行ったのを機に「ジロー」を開いた。

雀百まで踊りを忘れず、とはよく言ったものである。

「スイングのマリア」の客が三十年の時を経て戻って来たのだ。マリアとは母の当時の源氏名である。

「お母さん、北条君枝っていう女優さん知っている?」

『ロンリー・チャップリン』を歌い終えて、カウンターへ戻って来た母に訊いた。

「知っているわよ。働いていた頃、よく並木座で観た映画に出ていた」

オールドパーの水割りを作っている。父の好物だ。路子のグラスも出した。

「実際会ったことはないの?」

「ないわねぇ」

すげない返事だ。銀座のホステス人脈に引っかかればと、期待したのだが残念だ。

「大ママの時代のひとだからねぇ」

母はいまでも祖母を大ママと呼ぶ。ねぇ、あなた知らないの? と父に振ってくれた。

「おふくろの客だったプロデューサーたちなら実物を見ているだろうな」

カラオケのマイクやリモコンを片付け終わった父が、カウンターへやってきた。本当にホームバーだ。ボックス席に座って語り合えばいいのに、親子三人ここではカウンターに集まる習性がある。水商売の血だ。

「いずれにしても生きてないだろうねぇ」

母が言う。小鉢に入れたピーナッツをカウンターに置く。午前三時の一家団欒《いっかだんらん》のひときだ。

「国会議員だった安本隆平とか、任俠映画のスターだった松田雅人とは縁はない？」

先ほどスクリーンに映っていた男ふたりの名前を言った。

「どっちも平成の頭に死んじゃっているわね。スイングのお客ではなかったわ」

と母。

「そのふたりなら、銀座の客じゃなくて、赤坂に多く出入りしていたんじゃないかな。おふくろが言っていたよ。あの世代の人たちは、いくつになってもグランドキャバレー時代が忘れられないんだって」

生きていれば間もなく百歳の男たちだ。

「お父さんが、小学生時代、松田雅人は、大スターだったのよね」

「そうだな。着物がよく似合う役者だった。桜吹雪の中で、抜いた匕首の刃先をいったん舐めるんだ。それで、少し笑って相手をぶすっとやる。おふくろとよく観た」

父が懐かしそうに言った。

その渋い役者が、白人女の股に顔を突っ込んで舌を使っている映像を見てきたばかりだ。

「ちょっと待ってね。いま大ママのアルバムを持ってくる」

母が一つ上の階にある自宅に走った。祖母の部屋は五年前のままであり、アルバム類もすべて残っている。それはまさに昭和の貴重な風俗史で、いつか路子もつぶさに検証してみたいと思っている。

「安本隆平は、閣僚にこそならなかったが、民自党の実力者だったな。強行採決の時は、議長席に雪崩込《なだれこ》み野党議員を、殴ったり蹴ったりしていた。その筋の支援者が多いことでも知られていた政治家だ」

父が当時を懐かしむような目をした。

その筋と繋がったのはいつ頃だろう。路子は父のグラスにオールドパーを注ぎ足してやった。祖父母の血を引くわりには、父はおっとりした性格だ。相場もやらない。趣味はアンティークコインの収集だ。

「あった、あった。大ママのアルバムに、ふたり並んで写っている写真があったよ」

母が降りて来た、息を弾ませている。

「えっ、並んでいる？」

路子の胸がざわめき立った。

母が持って降りて来た古いアルバムを、カウンターの上に広げて見せてくれた。

「このふたり、米軍キャンプ回りのバンドマンだったんだわ」

広げたアルバムの中央にセピア色の写真が貼ってある。名刺ほどのサイズの写真だ。

トラックの前に楽器を持った痩せた男たちが十人ほど並んでいる。二十歳ぐらいから五十歳ぐらいまでさまざまな年代の男たちだ。隅にギターを抱えた松田とウッドベースに寄りかかった安本が並んで立っていた。誰もが寒そうな顔をしていた。

写真の下に〈品川《しながわ》駅、１９４７・１２・１４〉と青いインクで書かれている。祖母の筆跡だ。

あのフィルムの缶に記された年より一年前だ。

「当時は、品川駅と新橋駅の前に、ＧＨＱの許可証を持った興行師がいて、そいつらがバンドマンをトラックで横田《よこた》や座間《ざま》に運んでいたはずだ。そんな話を聞いたことがある」

「ちょっと待って」

路子はスマホを取り出しタップした。

安本隆平と松田雅人の経歴を調べる。

「おかしいわね。どっちもそんな経歴を書いていないわ。議員になった安本は、政治的な立場から米軍キャンプで演奏していたなんて言いたくなくなったというのはわかるけど、後に俳優になった松田にとっては、これは打ち出せる芸歴じゃないかしら」

「何か不都合なことがあったということよ。大ママはよく言っていたわ。いまテレビで活躍している人たちも、占領されていた頃のことは言うに言えないことがたくさんあったはずって」

母が言った。

「かく言う、おれのオヤジも相当危ない橋を渡って、金を貯め込んだんだ。闇物資を米軍から仕入れて、売り捌いていた」

父も同調する。

路子はふとトラックの荷台に書かれた文字に注目した。

「横浜《よこはま》山村興行って」

「バンドマンの口入れ屋だろう？」

オールドパーを飲みながら、父が言った。

路子はスマホでこの写真を複写した。

続いて他の頁も捲って見る。同じようにバンドマンたちが駅に集合している写真が何枚も貼られていた。

「ねぇ、このパーマをかけたお姉さん、よく写っているけど何者かしら」

ひとりだけ身なりのいい女が写っていた。背が高く、着ているオーバーコートも他の日本人たちのようにだぶだぶではない。

「当時の興行師に頼まれた通訳じゃない？　なんかこの人だけバリッとしているものね。外国で暮らしたことのある外交官の娘さんとか、そういう人じゃないかな」

なんとなく、路子はこの女性が気になった。どこかで見た面影があるのだ。女優とかそういう人ではない。女実業家。そんな感じなのだ。

路子はその写真も撮った。

翌朝は早く起きた。夜から藤堂と合流して、赤坂のグランドキャバレー『ゴールデンエンパイア』に行く予定だが、その前にひとりで聞き込みをしてみることにした。あくまでも個人的な興味でしかない。品川へ向かった。

高輪《たかなわ》口ではなく港南《こうなん》口に出た。古くからある料理屋や喫茶店がまだ残っているからだ。

交番によって、地域課の制服警官に地元の地図を見せてもらい、戦後からありそうな店を聞く。身分は明かした。するとすぐに協力してくれて、戦前からあるという歯医者を教えてくれた。

九十になる先々代がまだ元気に暮らしているという。

早速訪ねた。

港南口前に広がる商店街を過ぎたところに、レトロな歯医者があった。灰色のコンクリートの建物で玄関にはアーチ形の庇《ひさし》があった。石段があり、扉はすりガラスの観音開き。横溝正史《よこみぞせいし》の小説にでも出てきそうな趣《おもむき》の歯医者であった。医院兼自宅である。

人探しをしているので協力して欲しいと頼むと、どうせ祖父は暇《ひま》ですからと、人のよさそうな若い歯医者が二階の居室に案内してくれた。

老歯医者は車椅子で出迎えてくれた。

孫の嫁がコーヒーを淹《い》れて来てくれた。

「戦後のある時期は、毎週金曜になると何台もトラックが来ていましたね。楽器が出来れば誰でもよかったみたいです」

歯はまだすべて自分のものだという。滑舌《かつぜつ》はしっかりしていた。

「先生はその頃の状景はご覧になっていたのでしょうか？」

「もちろん。まだ高校生でしたが、ジャズは好きでしたよ。バンドマンの人たちは、待っている間にも演奏しだす人たちもいましたから、それを聞くのが楽しくてね」

「システムとしては、どんな感じだったんでしょう？」

「まぁ、普通に労働者を集めるのと同じ感じでしたよ。興行師さんたちが何人もいて大きな紙を掲げて待っているんです。はい、横田とか座間と書いた紙ですね。そこに楽器を持った人たちが集まってくる」

　確かに、それは日雇い労働者の集め方と同じだ。

「仲介する人は多かったんでしょうか」

「たくさんいたね。バンドマンの奪い合いで、興行師同士が喧嘩になっていたりもしていたね。とくにベーシストは貴重だった。楽器持っている人もすくなかったからね」

　ずいぶんと殺伐《さつばつ》としていたようだ。

「この写真のような感じでしたでしょうか」

　路子はここで写真を見せた。

「おうおう、懐かしい。これは横浜の山村運送ですから、座間か横須賀《よこすか》へ運んだんでしょうな」

　老歯科医は目を細めた。

「山村運送に記憶がありますか?」

「あるある、出迎えに来るトラックの中で、一番気性が荒かった。ここと組んでいた興行主は、愚連隊《ぐれんたい》のような連中でね。ひところはヒロポンを使って、バンドマンに一晩じゅう演奏させていたっていう噂でした」

　そんな連中が跋扈《ばっこ》していた時代だろう。

「通訳さんなんかもいたのでしょうか」

「あぁ、そういう人もいましたよ。当時は英語屋っていわれていました。二世の人が多かったですね」

「こんな荒っぽいところに女の通訳さんもいたんですね」

路子は、写真の端にたっている女性を指さした。

「普通に、いましたよ。パンパンに英語を教えていたりもしていた。だいたいが米国籍の日系人ですよ。当時は占領下です。英語が出来て米国籍の日系人は重宝されました。女性でもそんな人に手を出したら、どんな刑が待っているかわからないんです。みんな一目置きますよ」

「なるほど」

路子が頷いたときだ。背中で声がした。孫の嫁だった。

「その人、エリー坂本《さかもと》じゃないですか？」

「えっ」

「エリー坂本の若い頃の写真ですよ。エリーさんいま九十二歳ですから。わたしジャッキーエンタープライズの元オタクですから」

孫嫁はぺろりと舌を出した。

ジャッキーエンタープライズは、ジャッキー坂本が率いる芸能事務所だ。男性アイドルの専門プロ。エリー坂本は、その姉で副社長である。

思い出した。路子が知っているエリー坂本の顔は、八十を超えたものであったが、二十歳そこそこであろうこの当時の顔にも、その面影はくっきりと残っていた。

いまに繋がってきた。

山村運送と山村興行。そしてエリー坂本。

蓋をしたはずの闇の底から、やばい香りが俄《にわ》かに立ち上がって来たようだ。路子は今夜赤坂に乗り込む前に、さらに徹底的に情報をかき集めることにした。

歯科医院を辞去して、国会図書館に向かう。

第三章　ダークサイドエージェント

1

ステージで女性歌手が歌っていた。

スパンコールのロングドレスがブルーのライトに照らされて、歌手自身もキラキラと輝いて見える。歌い手自体がミラーボールのようだ。

バンドは十七名によるフル編成。いまどきテレビ番組でもめったにお目にかかれない豪華編成だ。

曲は、ちょうどヘレン・メリルのナンバー『ユード・ビー・ソー・ナイス・トゥ・カム・ホーム・トゥ』が始まったところだ。

ハスキーな声だ。歌唱法はヘレン・メリルをそっくり真似ている。いわゆる完コピというやつだ。二十五歳ぐらいのシンガーだった。彫りが深いモデル顔だ。

「あの歌手の人。とても上手《うま》いわね。名前なんだっけ」

エントランスホールにポスターが貼ってあったが、名前はすぐに忘れた。

「江利《えり》いずみさん。うちの専属歌手です」

ホステスが、シングルモルトの水割りを作りながら言った。梨花《りんか》という。三十は超えているだろう。ベテランな感じがした。一見《いちげん》の客だったので、探りも含めて店がベテランを付けてきたのだろう。

入店と共に、ショーが始まってしまったので、まだほとんど会話をしていない。藤堂共々しばらく客として楽しむことにした。

梨花は濃紺のロングドレスを着ていた。ドレスが肌に密着しすぎて、ブラカップもショーツのラインもくっきりと浮き出ていた。少し屈むと尻の割れ目までわかる。

真っ裸よりも猥褻かもしれない。

「専属制なの？」

「はい歌手もバンドもダンサーもみんな専属です。ステージの演出は、いちおうラスベガススタイルと言われています」

ナイトクラブ『ゴールデンエンパイア』の後方のシートに座っていた。ホステスには共に偽名を使っていた。

ウイスキーのラベルを見て路子は白洲《しらす》路子と名乗った。藤堂は鳥居茂三郎《とりいしげさぶろう》。お互いニューヨークの投資会社に勤務しており、久しぶりに帰国したと伝える。

ホステスから店長や他の客に伝われば嬉しい。

この店は、会員制ではないが全席予約制の店である。ひと月前にはほぼ埋まってしまう。

紹介者を通じてむりやり席を確保してもらった。

このアクション自体が小細工である。紹介者は、大手出版社の副社長。スナックジローの常連客だ。ゴールデンエンパイアは、気取った作家の接待用に使っているらしい。母が頼み込んでくれた。

ゴールデンエンパイアは、昭和三十年代から五十年代に隆盛を極めた赤坂のナイトクラブ『ニューラテンクォーター』を模《も》しているという。

路子は当時を知らないが、雑誌やネットの触れ込みによると、エントランスホールからステージ、客席の配置に至るまで、ほぼ同じ設計なのだという。

山村興行のこのクラブへの入れ込みようがわかる。

違う点がひとつだけある。ニューラテンクォーターは一九八二年二月八日に大火災を起こしたホテルニュージャパンの地下にあったが、このゴールデンエンパイアは地上四十五階のタワービルの最上階にあるということだ。

客たちからため息が漏れた。

ヘレン・メリルは「ニューヨークのため息」と評されたが、このため息は、いま歌っている江利いずみの歌のうまさに対するものではない。ステージの真後ろを覆っていた臙脂《えんじ》色のドレープカーテンが左右に引かれ、現実の夜空が現れたのだ。

カーテンの向こう側は嵌め殺しのガラスであった。永田町の夜景が映し出される。

「歌手もバンドも星空の中にいるみたいだわ」

路子も刮目《かつもく》した。

「当クラブの売り物のひとつでございます。ちょっと失礼します」

ロングドレスのホステスがにこやかに笑って席を離れた。

ボーイに呼ばれたようだった。おそらく、路子たちの様子を店長に報告に行くのだろう。どこかから隠しカメラで自分たちの様子を監視していてもおかしくない。

「山村興行は、赤坂にもう一軒グランドキャバレーを建てるそうだ。赤坂二丁目の再開発地区だ。基礎工事が始まったばかりだが、五階建ての単独ビルだから東京オリンピックには間に合うだろう。そっちはやはり昭和の半ばに一世を風靡《ふうび》したグランドキャバレー『ミカド』を模すのだそうだ」

藤堂がグラスを手に取りながら言った。

「単純な懐古趣味ってわけでもなさそうね」

「政財界の接点になる新たな拠点作りさ。温故知新《おんこちしん》だね。関東泰明会としては昭和の頃のように、自分たちが、政財界の闇のコーディネーターになるつもりだ。あの頃よりも遥かにワールドワイドな役目を引き受けようとしている」

「銀座にクラブを出すという案はないのかしら？」

祖母の血を引く路子は、いまでも銀座こそが最大の社交場だと信じている。

「いやいや、銀座の料金体系は、いまや現実にそぐわないものになってきている。平成に入ってから成功した若手財界人や外国人実業家にとって、銀座のクラブなんて単にバカ高いだけの酒場でしかないだろう。だからと言ってキャバクラでは高級感に欠ける。そこで一流のショーをいれたナイトクラブとなれば、料金にも納得がいく。ヤクザはその辺の皮膚感覚が発達しているんだ」

言われてみればその通りかもしれない。一本何十万もするボトルを開けて覇《は》を競い合うなど、とくに欧米のビジネスマンには信じられないだろう。

いまや、そうした飲み方は歌舞伎町《かぶきちょう》のホストクラブですることだ。

江利いずみの歌を聞きながら、席を見渡すと、たしかに欧米人や若手財界人と思われる客も多い。

ショーの最中なのに先ほどまでこの席にいたホステスの梨花がふたり連れの客を誘導している。無粋《ぶすい》な客だ。

ふたり連れは、斜め前方の席へと着いた。

男のひとりは俳優だった。

松田陽平《ようへい》？

あまりの偶然に驚いた。

決してそのつもりで張っていたのではない。路子たちはあくまで、ゴールデンエンパイアの内偵にやってきたのだ。目的は店の総支配人も兼ねている山村興行の社長、山村龍《りゅう》介《すけ》に接近するためだった。

「まさか、ここで遭遇出来るとはね」

昨夜観たフィルムの中にいた松田雅人の孫である。

「ショータイムの間の薄暗がりを利用して入って来るとは、あざとい真似をしやがる」

客たちの大半が、ステージの歌手に見入っていた。だれもいま入って来た男たちに気が付くものはいない。

「もうひとりは？」

「うーん。あの顔もどっかで観たことがあるような気がするんだけどな」

藤堂がステージを観ながら考え込んだ。松田たちのほうをもっと見ていたいのだが、必死でこらえているのがわかった。片方の太腿を痙攣《けいれん》させている。藤堂の苛立《いらだ》ったときの癖だ。貧乏ゆすりまでいかない。その手前の仕草だ。

路子とて同じだった。首を斜めに振りたい衝動を、必死に堪えた。

もしも、自分たちが監視されていたら、その不自然さは一目瞭然となる。いまはステージを向いていないとおかしいのだ。

曲が変わった。一転して速いテンポの曲になった。

『ルート66』。

ナット・キング・コールのナンバーだが、江利いずみは、ネイティブに近い発音で歌っている。軽くヒップを揺らしながら歌う姿はセクシーだ。ヘレン・メリルの『ユード・ビー・ソー・ナイス・トゥ・カム・ホーム・トゥ』よりも自分のものにしている感じだ。

曲調に合わせてライトが明るくなった。江利いずみもヒップを振り指を鳴らしながら、ステージ下手へと歩き始めた。

おかげで首を曲げることが出来た。藤堂が松田陽平と共にいる男を凝視した。眉間に皺を作り、そこを指で搔いている。記憶を手繰《たぐ》りよせている表情だ。

　江利いずみが軽く手を振った。路子はその視線の先を追った。松田陽平が振り返している。


　そのとき藤堂が膝を叩いた。

「衆議院議員の安本信吾《しんご》だ」

　路子にだけ聞こえるぐらいの声で言った。

　路子は思わず口を押さえた。わっ、と叫びそうになったのだ。昨夜観たフィルムの３P
をしていた俳優と政治家の孫同士が繋がったのだ。

　あまりの出来過ぎに背筋が凍る想いだ。妙な胸騒ぎもしてくる。ふたりの孫たちは、ど
ちらも三十歳代半ばに見える。路子は同世代であると直感した。

『ルート66』が終わる。

　江利いずみがトークを始めた。バンドは『ムーンライト・セレナーデ』を奏でている。

「みなさま、今夜もゴールデンエンパイアにいらしていただきありがとうございます。今
夜のショーは、お楽しみいただけましたでしょうか」

　笑顔で一呼吸置く。拍手が湧いた。ステージ歌手の間合いの取り方は抜群だった。

「ありがとうございます。二〇一八年もいよいよ残りわずかとなりましたが、ゴールデン

エンパイアは年内休まず営業しております。来週は今年ラストを飾るレビュー。ラインダンスもあるそうです。はい、残念ながら、私は踊れません。もうちょっと足が長くないとエンパイアガールズには入れないんです」

笑いを取った。

「大みそかは恒例のロカビリーナイト。もちろん私が歌います」

ここで盛大な拍手と歓声が飛ぶ。

「今夜は江利いずみとニューエンパイアブリードがお送りしましたっ」

バンドが一斉に立ち上がる。スポットライトが交叉し、『ムーンライト・セレナーデ』のボリュームが上がる。ちょうどサビのメロディだった。

その音を背に江利いずみが、上手を向いて一礼、下手を向いて一礼。そして中央に向き直り、両手を広げ、片脚を引いて、あらためて頭を下げる。

バンドも同時に楽器の尖端を下げてポーズを作った。

けれん味たっぷりのステージングなのだが、なぜか路子は鳥肌が立った。

ラスベガススタイル。かなりいけている。

アウトロと共に、江利いずみが上手袖へと消え、音が鳴りやむと一度暗転した。バンドが引き揚げる音がする。

暗転している間にBGMが流れた。エルビス・プレスリーのスローナンバーだ。タイトルは知らない。オリジナルではない。別な誰かが歌っていた曲だ。

そんなことを考えていると、いきなり藤堂に肘を突かれた。

「見ろっ」

松田陽平と安本信吾の席のほうに顎《あご》をしゃくっている。客席全体が暗転しているので、よく見えないが、ふたりに人影が近づいている。大柄な男だ。欧米人ではないか？

ふたりがそれぞれ、男と握手しているように見えた。男は握手を終えるとすぐに踵を返した。

そこでようやく客電が点灯した。ステージにはもう誰もいなかった。

路子たちの目の前を、たったいま松田たちの脇にいた男が通り過ぎていった。身なりのいい中年の白人だった。サスペンダーに蝶ネクタイ。一昔前のニューヨークの会計士だ。

「おいおい、あのふたりが席を立ったぞ」

松田と安本が立ち上がって、エントランスへと向かって歩き始めていた。松田はサングラスをかけている。足早に出ていった。

「何かを受け取ったってことか」

藤堂の眼が吊り上がった。

「みたいね」

路子は、グラスを口に運び、眸だけでふたりの背中を追った。

「クスリと見るのが普通だろう」

「そう見えるのは確かね」

藤堂が答えた。

「接近してみよう」

藤堂が立ち上がろうとした。

「動かないでっ」

小さく叫び、藤堂の膝に軽く手を添えた。

「出来過ぎているわ」

「はい？」

「こっちが動くかどうか探っているのよ。興味のないふりをして」

路子は諫《いさ》めた。

ヤクザと刑事は、キツネとタヌキの化かし合いのようなものだ。

「申し訳ありませんでした。ショーの最中に担当のお客様がお見えになったものですから」

梨花が、顔の前で手を合わせながら戻って来た。もうひとり付いてくる。シャンパンピンクのロングドレスを着ているが、彼女もまた身体のラインがはっきり見えていた。マーメードのようだ。

「鞠絵《まりえ》です。はじめまして」

握手を求められた。どうやら普通の客として認められたようだ。

梨花と鞠絵が、両サイドに座った。路子の側に梨花がつく。

「江利いずみさんて、もうここで歌って長いの？」

たわいもない話題から入ったつもりだった。

「ええ、五年前のオープンから専属ですよ」

「なんか昭和の大物歌手の名前に似ているわよね」

テネシーワルツで鳴らした大物だ。

「でもそれとは違うんです。事務所の副社長がエリー坂本だから江利になったんです」

ドキリとした。何もかにもが、先を行かれているような気がしてしょうがない。

「へぇ、ジャッキーエンタープライズなんだ。でもなんであの事務所に女性歌手がいるの？」

ジャッキーエンタープライズは、男性アイドル専門の芸能プロのはずだ。

「いずみさんのおばぁさんが、エリー副社長の友人だったんですって」

「ふーん」

「女優さんですよ。北条君枝さんていう方。古いギャング映画なんかに出ているんですよ」

路子の隣で、藤堂がグラスをボロリと落とす音がした。

「きゃっ」

横に座っていた鞠絵のドレスの股間が濡れた。ショーツが透けて見える。小さなショーツだ。

「すまんっ」

藤堂があわてて、ボーイに手を挙げている。藤堂がグラスを落としていなければ、自分が椅子から滑り落ちていたかもしれない。

2

安本信吾は、外堀通りに出るとすぐ松田陽平といったん別れ、自宅マンションへと向かった。外堀通りを歩き山王《さんのう》日枝《ひえ》神社の鳥居前から赤坂二丁目側へと曲がる。

さっさとキメて、女を抱きに行きたかった。

議員なんてストレスの溜まる仕事だ。月に一度はハメを外さなくてはとてもやっていけない。

今夜はやりまくりたい。

自宅は衆議院赤坂議員宿舎のすぐ近くだ。都内に自宅のある議員は宿舎に入れないことになっている。もとより入る気もない。

バッジをつけていなきゃ、誰も国会議員と思わないな。

所詮はまだ三回生である。それも現政権が四年の間に二度も解散総選挙を行ったために、当選三回と呼ばれるようになっただけで、議員期間はまだ四年でしかない。

同期には民自党の公募で選ばれた新人同然の議員も少なくなく、彼らは、常に解散に怯《おび》えて週末となれば選挙区に戻っている。

安本は、せいぜい月に一度程度しか地元には顔を出さない。

祖父の代から綿々とつづく後援会がしっかりと票をまとめているので、自分が戻って、走り回る必要などまったくなかった。

地元は、東海地方の小都市である。

住民票だけが、祖父の生家であった古民家然とした家に置かれており、住んでいるのは遠縁にあたる老夫婦である。かつては市議もやったじいさんだ。

選挙区は安本王国と呼ばれている。無風状態である。

父の安本忠義《ただよし》も同じように、選挙区を顧みることはなかった。東京で陳情を受ければそれで済んでいた。

安本はそれすら秘書団に任せきりである。

そもそも予定より十年以上も早く、後を継がされたのだ、まだしばらくは好きにさせてもらいたい。

当選五回以上、年齢が四十五歳を超えたあたりから猟官《りょうかん》運動をすればよい。いまはまだ気ままでいい。

父の安本忠義は、五年前に六十歳で政治家人生を終えていた。

急逝《きゅうせい》したのだ。

急性心不全と発表したが、実は妾宅《しょうたく》における腹上死であった。安本家の秘密である。

隠蔽《いんぺい》工作を整えたのは母の千野《ちの》と第一秘書の山下純一《やましたじゅんいち》である。

六本木の妾のマンションにワンボックスカーを仕立て、そこからいったん、赤坂の料亭『草野《くさの》』へと運び込んだのだ。

まずそこまでは生きていたことにしたのだ。

妾のマンションと料亭草野が車で十分以内の距離だったのが幸いした。

草野の大女将《おおおかみ》頼子《よりこ》がすべて引き受けた。

父は、その日午後七時から座敷にいたことになった。ときどきひとりで食事をすることもあったので、この芝居は通った。

突然、急にきもちが悪くなったので主治医である信濃町《しなのまち》の大学病院の消化器内科医師を呼んだというストーリーが組まれ、ことはうまく運んだ。

意を汲《く》んだ主治医が駆け付け、容易周到にタクシー会社の救急搬送車を呼び、大学病院に運び込んだのだ。

政治家としての立場から、消防署の救急車は呼ばなかったと全員が証言した。

結果父の安本忠義は、信濃町の大学病院で手当ての甲斐なく、息を引き取ったということで、政治家の体面を保った。

忠義の政治家としての最高位は、農林水産大臣である。ただしたった三か月だけだった。舌禍《ぜっか》による辞任であった。それでも永遠に元大臣という肩書が残る。

それで安本信吾は、予定よりも十年以上早く政治家に転身することになったわけだ。

もっと遊んでいたかったというのが本音だ。

政治家なんていう、人の眼を気にしなければならない商売などではなく、親の資産で食うただの遊び人がよかった。

大学を出てからは、中堅の建設会社に勤めていた。

営業部にいたが、仕事なんてほとんどしていない。会社は安本を雇っていることによって、新規の公共事業や国有地の払い下げの情報を父からときおり流してもらえれば、それで充分だったのだ
世間ではこれを人質社員と呼ぶ。

だが、あの頃が一番楽しかった。

給料を小遣いがわりに、遊んでいればよかったのだ。

実際、六本木や西麻布界隈《かいわい》で遊んでばかりいた。同世代の財界二世、イノベーターたちとつるんでいたものだ。

無名、自称の女性タレントとか、就活の女子大生などを食いまくるのが楽しくてしょうがなかった。大臣の息子というだけで、パンツを脱ぐ女がたくさんいたものだ。

ごく自然に、テレビに出ている芸能人たちともつるむようになった。

それまでの仲間たちも女はよく食っていたが、アイドルとか若手俳優たちは半端なかった。クラブのＶＩＰルームで、乱姦なんてしょっちゅうだった。

それも酒に睡眠剤を混ぜたり、火酒《かしゅ》をどんどん飲ませたり、無法の限りなのだが、どう

したわけか、問題になることはまったくなかった。

安本は、政治家の息子であるという立場から、さすがにそこまで無茶は出来なかった。あくまでもセレブの一員として、合意のもとで、女にパンツを脱いでもらっていたのだ。

だが、あるとき知らずに半グレの幹部の男の女に手を出してしまった。女は、それまでギャルメイクの専門誌に出ているようなモデルだったが、すでにAVとの契約をしていたのだ。そのAVプロダクションが半グレの経営だった。

政治家の息子ということで揺さぶりをかけられた。二十歳そこそこの女だったが、スマホで動画を隠し撮りしていたのだ。

顔中にピアスをつけた男に開店前のクラブに呼び出され一千万円を要求された。それで終わるはずがなかった。

とりあえず三日の猶予《ゆうよ》を貰って、苦悩しているときに、遊び仲間で親同士も仲のよかった俳優の松田陽平に相談することを思いついた。

松田とは、ときどき飲んでいた。松田もまた六本木の遊び人だったが、無茶をやっている印象はなかった。むしろ自分たちの政財界二世会に入りたがっていたのだ。

松田の家は三代続く芸能人一家だった。有名人の子息に違いなかったので、自分の仲間たちに紹介するのと交換に、芸能界ルートで解決する方法を探してもらうことにした。

松田はすぐに、山村龍介という芸能界のケツ持ちという男を紹介してくれた。興行師だと言っていた。

裏と表を繋ぐ仲介役のようなもので、ズブズブの裏社会の人間ではないと言った。

安本は会う決心をした。

六本木のイタリアンレストランの個室で面会する段取りになった。

その日、山村龍介は、驚くことにエリー坂本を伴ってきた。ジャッキーエンタープライズの副社長。芸能界の女帝と呼ばれる人物だ。

女帝は車椅子を使用していたが、実に矍鑠《かくしやく》としていた。その車椅子を山村が押してきたのだ。

これで安本は一発で山村を信用した。芸能界の女帝の車椅子を押してくる人物なのである。実力を目に見える形で示されたようなものだ。

本題に入る前に、エリー坂本は、思いがけないことを言った。

「あなたのおじいさまの安本隆平さんは、大昔ベーシストだったのよ。だからあなたも芸の才能があるかもしれないわ。いずれ政界にお進みになるんでしょうけれど、お父様が、長く務めるようでしたら、タレントとしてやってみるのはどうでしょうかね。うちはアイドル専門だけど、外からでもお力になれるわ。私結構、テレビ局に顔がきくんですよ」

上等な赤ワインを飲みながら、そんなことを言ったのだ。

テレビ局に顔がきくどころではないだろう。どんな無理も押し通せるはずだ。

それよりも祖父がベーシストだったなど初めて聞いた。

父ですら知らなかった事実ではないだろうか。エリーの話では、大学時代にアルバイトでキャンプ回りの一員に加わっていたのだそうだ。

そんな話を聞いていた山村は、安本の話を聞く前に、結論を言った。

「エリーさんに連なる方が因縁をつけられたとあっては、私らのメンツに関わります。いますぐ対応しましょう」

山村が何やらスマホをタップした。

「食事が終わるころには一件落着となっていることでしょう」

低い声でそう言ってから、ウエイターに声をかけた。

シシリア料理を山村とエリーの解説付きで味わった。ふたりとも映画『ゴッドファーザー』は百回近く観ているそうだ。

「安本さんも、いずれ政界に出るなら『ゴッドファーザー』と『仁義なき戦い』は全巻繰り返し観ることよ。あれは権力闘争の縮図だから」

エリーにそう教わった。

以来どちらも三十回は観ている。

思えばあの日が、自分が闇社会に足を踏み入れた最初だったかもしれない。食事が終わってエリー坂本が、ボディガードに囲まれて引き揚げるのを見届けると、山村に車に乗せられた。芝浦ふ頭の倉庫のひとつに案内された。

「安本さんに因縁をつけたのはこの男女でしょうか？」

男は鉄柱にチェーンで縛られていた。キリストの像のように腰に布だけが巻かれている。

すでに意識はなかった。顔が前に見たときよりも三倍ぐらいに腫《は》れあがっている。鉄パイプで殴られたのだろう、身体中から血が流れ、あちこちが紫色にむくんでいた。

その隣に、マットレスが敷かれ、両手両足を縛られた女が仰向けに寝かされていた。大きく拡げられた股に極太のバイブレーターが突っ込まれ、ガムテープで固定されている。

唸りを上げて回転していた。

女は両眼を大きく見開いたまま、口から泡を吹いていた。意識は朦朧《もうろう》としているようだが、腰はカクカクと振っている。乳首ははち切れるのではないかと思うほど固まっていた。

「あっ、あぁあああああああ、もうイクのいやぁあああああ」

眼球が飛び出すのではないかと思うほど、さらに眼が見開かれた。女の前で、金髪の男が、カメラを回していた。

「快楽も度が過ぎれば、地獄でしてね」

山村が薄ら笑いを浮かべている。

「この人たちはどうなるのでしょう?」

安本は聞いた。

「男のほうは、もう日本には戻れないでしょう。戻るとまた安本さんを脅す可能性がありますからね。喧嘩が好きそうなので、中東で働いてもらいますよ。私ら、そういうコーディネートもしているんです。勝ちそうなほうに兵士を売るんです」

答えようがなかった。

「女のほうは、ロスのポルノ映画会社で女優になってもらいます。東洋人、出演料が高いんです」

これも答えようがなかった。肯定はできない。どっちも人身売買だ。

「いまは、闇ビジネスもグローバル化が進んでいるんです。日本の暴力団にもブロンクスやシシリア出身のマフィアが大勢採用されています。ロシア人やチャイニーズも日本の組では真面目に働いているんです」

そんな話を聞かされてもしょうがなかった。

あれから五年が経った。

安本が議員になった頃から、山村は徐々に闇側からの要求を伝えてくるようになった。さまざまな団体の発起人に安本信吾の名前が使われ始め、よくわからないパーティに出席するよう要求された。

国会議員が名を連ね、発足パーティに駆け付けてくるような会なのだから、信用出来るであろうというハロー効果に使われているのはわかっていた。

実際それらの会は、だいたいが胡散《うさん》臭い投資のセミナーだったりするわけだ。アフリカに新しい発電所を造るとか、オーストラリアに老人ホームを建てるとか、実際は何もしないのに、投資を呼びかけるのだ。

政治家や有名企業の経営者、芸能人が壇上に上がって、演説をすれば信憑性《しんぴょうせい》を裏付ける。実際の投資を呼びかけるものではない。山村に依頼された会の主催者本人の人となりを褒《ほ》めれば、それでいいのだ。

後で充分言い逃れの出来る余地は残している。まだ自分は小林《こばやし》派の駆け出し議員なのでさすがに、利権の斡旋《あっせん》まで要求してこない。

ただ、時間の問題だと思う。

山村は、表舞台の人間たちの抱えている問題を裏側に伝達し、解決してくれるが、そのぶんだけ、裏のリクエストも我々に伝えてくる。いずれ、より高い要求をしてくることであろう。いったん関係を持ってしまった以上、一方的に抜けることは許されないのだ。ズブズブの関係だ。

どうせなら、遊ぶしかないだろう。政治家なんて所詮利権屋でしかない。選挙区の利権を代弁するのも、闇社会の代弁をするのも同じようなものだ。

二年前からシャブを食うようになっていた。

山村の息のかかった売人からタダで貰える。自分と松田は、仕事で返しているので、欲しいときにゴールデンエンパイアに顔を出せば、必ず売人が歩み寄って来て、貰える仕組みだ。どこからどんなやつが来るのか知らない。サインはひとつだ。

店内で『レット・イット・ビー・ミー』が流れている間に、売人はやって来て、曲が終わるまでに退散する。

今夜はエルビス・プレスリーバージョンでＢＧＭとして流れていたが、そうとばかりは限らない。このナンバーは山ほどの歌手が歌っていて、英語、フランス語、日本語とときどきによって違う。もちろん、ステージ上の歌手が歌う場合もある。

今夜も一服貰った。

念願かなって、Kポップの女性アイドル「大人少女組」の三人全員とやれることになっている。興行ビザの発給に関して外務省に打診してやった見返りとして、食わしてもらうことになっている。

外国勢、特にアジアの芸能界のほうが古典的でわかりやすい。所詮、自国ではないからだ。日本人の芸能人も海外でのほうがめちゃくちゃやっている。

松田も入って5Pの予定だが、三人の女を相手に腰を振るのだからED治療薬だけでは事足りない。バリバリキメなくては。

安本は自宅マンションにあがり、腕に打った。月に一度だけと決めているので、注射痕はない。

一気に疲れが吹っ飛び快楽的な気分になった。

いまなら電信柱でもなぎ倒せそうな気分だ。

ふたたび外に出ると、月も星もやけに大きく見えた。安本はすぐ近くにあるテレビ局のほうへ向かって歩いた。局の正面玄関には常にタクシーが並んでいるのだ。

星空を眺めながら口笛を吹きつつ歩いていたら、前から歩いて来た人間と肩が触れた。とんでもなく硬い肩だった。

「おいっ。ぶつかっておいて、ごめんなさいもなしかよ」

頭上から声が降って来る。

安本は見上げた。冷蔵庫のような男が聳《そび》え立っている。眼が細く、表情に乏しい顔だった。怖くはなかった。この町でならどんな相手でも、山村が処理してくれる。それに、いまは気力が充実していた。

「誰に難癖付けているんだよ」

「おまえ安本信吾だろ」

男が名前を口にした。少しは政治家として顔が売れてきたのかもしれない。

「わかってんなら、さっさと道を空けろよ」

安本は一歩踏み出した。

「そうか、おまえやっぱ安本でいいんだな」

いきなり腹を蹴り上げられた。シャブを入れているせいで痛覚は激減していたが、内臓は正直に反応した。口から灰色の液体が吹きあがる。顎のあたりがぐちゃぐちゃになった。

「なんだ、酔っぱらっちゃったのかよ」

冷蔵庫男がまるで会社の後輩でも介抱するように背中を撫でた。

「くそっ、おまえこのあたりのヤクザじゃねぇな」

安本は膝頭を冷蔵庫男の股間に叩き込んだ。喧嘩に卑怯《ひきょう》はない。政治と同じだ。シャブをキメているので、物凄い勢いで蹴り上げたはずだった。

男が腹を抱えて蹲るシーンを妄想したが、現実にこいつはビクともしなかった。

「俺、プロだからちゃんとガード入れているから」

ニタニタわらう冷蔵庫男に肩を抱かれた。強力な力だった。動けなかった。

すぐに黒のワンボックスカーがやって来た。連れ込まれる。

「おいっ、俺にこんな真似したら、泰明会がだまっちゃいないぞ」

車に乗せられたので、安本は周囲を気にせずとうとう札《ふだ》を切った。バックにつけているとはいえ、堅気《かたぎ》が組名を口にするときは、最低、百万は覚悟しなければならない。

ヤクザはその名称自体を、武器として堅気に貸与《たいよ》しているからだ。

「それ、怖くないから。何ならここから山村に電話を入れろよ。泰明会怖くないって、言ってる男に攫《さら》われましたって」

冷蔵庫男は、落ち着き払っていた。

「あんた、誰なんだよ？」

安本はさすがに死の恐怖を覚えた。

「まぁ、すぐにわかるよ。やってもらいたい仕事があるから」

　ワンボックスカーは、外堀通りへ出ると赤坂見附《みつけ》の方向に向かって猛然とスピードを上げた。スマホでどこかに連絡を取り始めた。韓国語だった。

「それともうひとつ。あんたの祖父《じい》さんの秘密は、俺たちも握った。もう泰明会だけがあんたの主人じゃない」

　もっとも痛いところを衝《つ》かれたようだ。

3

「あぁああ、松田さん、大きいよ。これ入らないよ」

　ハンナが、顔をくしゃくしゃにして、松田の背中にしがみついて来た。すでに二十歳は超えているのだが、顔はとてもあどけない。

「おまえが、小さいんだよ」

　松田は唸った。

　こじ開けて、秘孔の入り口に挿し込んだばかりの亀頭が猛烈に圧迫されていた。こんな細道は初めてだ。

「ハンナ、初めてじゃないよな」

思わず訊いた。

「今回のツアーでは初めてだよ。二週間やっていない」

眼の縁を真っ赤に染めながら、喘ぎながら言う。

「二週間前にソウルでやったのか？」

聞きたくなってしまった。まだ亀頭冠の部分しか入っていない。この位置で少し粘膜《ねんまく》同士を馴染《なじ》ませたい。

「昨日、日本に来たんだから、ソウルに決まっているでしょう。はっ、ぁああ」

ハンナは息を弾ませている。

「誰とやった。俳優のギョンミンか？」

韓国内でハンナと噂されている相手だ。

「違うよ。ギョンミンの本当の相手は、ミヨン」

ハンナがベッドサイドのソファに座っているメンバーを指さした。

「大人少女」の中でミヨンが一番セクシーな役を演じている。

間奏でポールダンス風に腰をくねらせる踊りを披露するのだ。エアーポールと呼ばれている。

「ミヨン、そこで踊って、マスターベーションして見せろ」

松田のテンションはすでにマックスまで上がっている。

「いいよ。やるから見て見て」

拒否するかと思ったら、ミヨンは進んでガウンを脱いだ。次に抱かれるのを待っていたようで、中には何もつけていなかった。乳首がビンビンに勃起している。

「おまんこ、開いてやったほうがいい？」

どこまでも陽気だ。たぶんこいつらもキメられている。

「全開で弄《いじ》れ」

ミヨンが真横で踊り始めた。股間からこぼれ落ちる花びらを伸ばしながらヒップを悩まし気に揺らしている。

松田は視線をハンナに戻した。まだ先っちょしか入れていない。

「んんんんっ」

ハンナが鼻を膨《ふく》らませた。少女のような顔立ちなのに、瞳だけが淫乱に輝いている。

「二週間前、誰とやった？」

もう一度訊いた。このあどけない顔をしたハンナが他の男に股を開き、喘ぎ声をあげている様子を妄想しただけで、昂奮《こうふん》してくるのだ。

「日本から来たプロモート事務所の社長さん」

ハンナは眼を細めながらそう言った。

「えええええ」

一気に射精してしまいそうなほど昂《たかぶ》った。

「それ誰だよ」

「言えない」

ハンナの膣口がきゅっと窄《すぼ》まった。

「言えよ。言わなきゃ挿し込まない」

そう言いながら少し挿し込んでいる自分がいた。

「立花《たちばな》さん、STプロの立花社長」

あのハゲかっ。

思わず松田は胸底で毒づいた。

六十近いおっさんだが、韓国アイドルの招聘《しょうへい》では第一人者だ。二〇〇三年の第一次韓流ブームの頃から、次はKポップが来ると的を絞ったのが功を奏したと言われている。

「やっぱり食ってたのかよ、あの人」

「立花さん、すごいスケベだよ。うちの社長も誘って、ふたりで私のおっぱい舐めた。リー社長、いつもはそんなことしない。私たちをテレビ局のプロデューサーに差し出しても自分では手出ししてこなかった。でも立花さんに、けしかけられて、私のおまんこ舐めた」

母国語ではない隠語には何ら抵抗がないので、彼女たちはおまんこを連発する。

「舐めたのかよぉ」

「私だけじゃないよ。ミヨンとジヒョンのも舐めた。舐めただけじゃないよ。ふたり交互に入れてきたよ」

ジヒョンとはもうひとりのメンバーだ。ハンナとミヨンよりふたつ上、お姉さま系を演じている。

「そういえばジヒョンはどうした？」

「あなたひとりできたから、ジヒョンはいま隣の部屋でマネジャーとやっている。終わったらすぐこっち来ると思うよ」

ハンナの話を聞いているうちに、矢も楯もたまらなくなった。松田は一気に腰を押した。

「んんんんんっ」

ハンナが目を瞑《つむ》った。口も結ぶ。

鋼鉄のように硬直した肉茎が、細い肉路を押し広げていく。ぎゅうぎゅうと圧迫されながら侵入した。

　ずっぽり入った。

「あぁぁああ、やっぱり大きいよ」

　ハンナの身体に芯を通したような達成感があった。シリンダーの法則で膣壺から蜜が飛び散った。

　松田は、すぐにストロークに入った。

「あふっ、んわっ、はぅうう」

　腰をくねらせ、自分で乳房を揉み、ハンナは乱れに乱れた。

　腰を振り、途中でミヨンの乳首や花びらにも手を伸ばしながら、ふと安本はなぜ来なかったのだろうと、考えた。

　ロビーで三十分も待ったのだ。それ以上待つと、韓国人マネージャーの気が変わってしまう可能性があったので、松田は自分だけで、彼女たちの待つ部屋へ入ったのだ。

　あいつ、自分の部屋でキマリすぎて、別なところに行ってしまったのではないだろうか。自分のように、この部屋に入ってから打てばよかったのだ。

「あんっ、いくっ。あなたのチンポ気持ちよすぎるよ」

　アイドルがまんことかチンポとか言ってくれるのも、見た目は同じでも外国人だからだ。

これはやはり嵌まる。

松田は夢中で尻を振った。今夜は何発でも出せるような気がする。

背中で扉が開く音がした。松田は、マネージャーとのセックスを終えたジヒョンが入って来たのだろうと思い、そのまま射精の段階に入ろうとしていた。

「真っ最中なのに、悪いなぁ。とりあえず、いまのが出たら、今夜はそれでおしまいにしてくれ」

男の声がした。

松田は、ハンナの蜜壺に剛直を突っ込んだまま、上半身を捻《ひね》って、ゆっくりと振り返った。

見間違えでなければ、銃口がこちらを向いていた。俳優として何度かモデルガンは握ったことはあるが、銃種はよくわからない。銃身は太くて長い。

銃を握っている男は、きれいな日本語を使うが顔は白人系の造りだった。ハーフかクォーターだろう。

黒いソフト帽を被っている。

「俺は、山村興行の伝手《つて》でここにきているんだがね？　なんか勘違いしているんじゃないのか？」

松田は声を尖らせた。芝居をしたつもりはない。素の調子だった。

自分の後ろにはエリー坂本をはじめ、芸能界の重鎮が揃っているのだ。

松田は、新興のマックスエンターテインメントの所属。若手実業家が組織した音楽を主体にした総合エンターテインメント会社だが、その背後にも山村龍介が座っていることは業界の常識となっている。

極道系の老舗《しにせ》プロが、ＩＴ企業のようなドライな仕事をするマックスに口を出してこないのはそのためである。

エリー坂本が政財界を動かす芸能界の女帝だとしたら、山村は極道界を動かす芸能界の闇帝王なのだ。

「闇社会というのは、日々組み合わせが変わるんでね。山村さんも泰明会もなかなか芸能界から手を引いてくれないので困っている。これからは、直接、うちらが仕切らせてもらう。その手順を説明するから、一緒に来てくれ」

男の声が終わらないうちに、ハンナが下から腰を揺すってきた。蜜壺の中で剛直はしぶいた。

「あんっ。出たね」

ハンナの顔からあどけなさが消えていた。

「ひょっとして、ここは乗っ取られていたのか？」

松田は蜜壺から肉槍を引き抜きながら、白人に訊いた。

「ここじゃないよ。韓国のショービジネス界がすでに我々と組んでいる。アジアのショービジネスの拠点が、いつまでも日本だと思っているほうが、遅れすぎている」

白人の背後からジヒョンが顔を出した。男の肩に顎をのせている。

「この男と出来ているわけか」

「だから、ケントが言ったでしょう。組み合わせは日々変わるって」

松田は、両手を上げてベッドを降りた。少し芝居じみた動きになっているが、素では、足を動かすことさえできそうもない。

心を閉じて、捕虜の演技で連行されるのがたぶん一番賢い。

「今夜からあんたは我々の手先になるしかない。ここでの映像、全部撮った。あんたおじいちゃんと同じ運命を辿るね」

ケントと呼ばれた男が、天井を指さした。ライトの脇から光るレンズが見えた。騎乗位をさせたときにもっとよく見ておくべきだったと悔やんでももう始まらない。

4

ゴールデンエンパイアの客が順に四十五階のエレベーターホールに向かっていた。午後十時でショーは終了したが、店は十二時まで営業しているのだ。ようやくその時間となったところだ。

路子は藤堂と共に、山村龍介のいるエントランスに向かって歩いていた。ホステスの梨花と鞠絵の会話から判断して、自分たちの正体が割れていると、おおよその見当がついたので、ダイレクトに当たることにしたのだ。

山村は、エントランスのフロントデスクの前に立っていた。

涼し気な顔で、タブレットを覗いている。

「山村さん、いくつもヒントをいただいてありがとうございます。実は大昔の映画についてお聞きしたいことがあるのですが、少しお時間をいただけませんか?」

路子が片笑みを浮かべて近づいた。紳士に対する礼儀だ。自分たちが最後の客だった。

「やはり、あなたたちは刑事さんでしたか。どうもそんな気がしましてね」

山村が肩を竦《すく》めて見せた。

「参考までにお訊きしたいのですが、どうしてそんな気がしたのですか？」

「視線の動きです。刑事のマニュアル通りですね。こっちが放った囮《おとり》を、必死に見ないようにしていた。それで間違いないと思いました」

やられた。山村が笑みを浮かべた。瞳の奥が笑っていない頰を上げただけの笑みだ。

「ここは私のホームですから、定点観測では、こちらのほうがリトマス試験紙をいろいろ用意出来る」

わざと政治家と芸能人の孫を呼んだということだ。ホステスに喋らせた会話も、ひとつひとつがリトマス試験紙だったということだ。

「そちらの刑事さん、北条君枝の名前が出たところで、グラス落としちゃいけませんね。わかりやすすぎます。女の子のパンツを透かしたくて溢す人も多いんですが、刑事さん、それにしては、目がパンツには向いていなかった」

「どこに、レンズを仕込んでいたのですか？　参考までに聞いておきたい」

藤堂が、眦《まなじり》を吊り上げている。

「わかりました。敵に塩を送りましょう」

山村が片手をあげてホールへと促した。三人で並んで歩く。ホールにはすでに客の姿はなかった。十人ほどのホステスが、仲間同士で談笑している。梨花と鞠絵もいた。鞠絵の股間はすっかり乾いている。

「あそこです」

山村が天井のミラーボールを指さした。

「ボールの上にリモコンで方向を変えられるレンズがついています。誤解しないで下さいよ。お客様を監視しているのではなく、防犯用です。ホステスに妙な真似をする客がいないとも限りませんからね」

山村の眼がほんの一瞬だけ極道の光を放った。

「話もどっかで拾っていたんでしょう」

今度は路子が訊いた。

「それは―」

と山村が言い淀んで、梨花と鞠絵を指さした。

「あの子たちのブラカップの左右です。ほらちょっと乳首が突き出ている感じがするでしょう。あれマイクです」

「なるほど」

路子はため息をつきながら、なにげにステージのほうを見た。ステージバックにドレープカーテンをまだ引いていないので、夜景が見える。映画館のスクリーンに映っている夜景のようだ。

　夜景の中央が微《かす》かに光って見える。ヘリコプターでも近づいてきている感じだ。

「ところで、映画のフィルムの件ですが、あれ処分していただけませんか？」

　いきなり山村がそう切り出してきたので焦った。

「処分？」

「はい。警察相手に返してくれとは言いません。ですが、いまさらあれを世に出しても国益を損ねるだけです。泰明会もあのフィルムやアルバムは所持はしていても、世に出すつもりはまったくありませんでした。まぁ核兵器のようなものですな。自分たちを守るためだけに存在させるという」

　つまり、関東泰明会は歴代の政権にプレッシャーをかけ、芸能界の支配のためにもあのフィルムを使っていたことになる。それと気になるのは、映っている将校たちだ。ひょっとして本物だったのではないかという疑問が湧いてくる。とすれば、あの白人女性は上級将校の夫人だった可能性もあるのだ。

「脅していたのは確かなのですね？」

　路子は確認した。自分もいまさら他人の過去を暴露しても何も得るものはないと判断している。ただ、ヤクザの手先に対して「はいそうですね」と答えるつもりはないということだ。

「数人の方の末裔《まつえい》には、私たちに協力していただいています。ただし、安本議員にはフィルムを見せる前でした。見せるまでもなく彼は、私たちに助けを求めてきましたから、祖父のエロフィルムなんていらないんです」

「シャブと現金はいったいどこの組織が？」

訊きながら、路子はもう一度ステージバックを見た。

「！」

星空の彼方から、明らかに何かが接近してきていた。

「それは、私たちも追っているところですよ。まったく警察もとろい。押収するなら、きっちり桜田門の金庫に収めて欲しかった。反目する連中に渡れば……」

そこまで言ったところで、山村のスマホが鳴った。

サイドポケットから取り出している。メールのようだった。山村の顔面が蒼白《そうはく》になった。

「まずいことになりました。安本信吾と松田陽平が拉致《らち》されました」

「なんですって」

路子が聞き直したときに、爆音が鳴った。

ステージバックだった。見るとピカッと光って、ガラス窓がオレンジ色に染まった。

次の瞬間、ガラスが木っ端《こっぱ》みじんに砕け散り、四十五階に、ぽっかり大きな空間が開いたのだ。二時間前にトランペット奏者が座っていたあたりにドローンの残骸《ざんがい》が落ちていた。

「嘘っ。防弾ガラスじゃないわけ」

路子は、胸のホルスターから拳銃を抜いた。サクラＭ１６だ。藤堂も同じ銃を手にしていた。

「当然防弾だよ。いまのドローンはプラスチック爆弾を搭載していたんだろう」

「そんなもの使うヤクザって、どこよ」

床を回転しながら訊いた。夜空の彼方から無数のドローンがこちらに向かって飛んできている。

「早く、みんな退避してっ。とにかく窓から離れて、エントランスのほうへ」

路子は金切り声を上げていた。

藤堂とふたり床に伏せて、肘をつき銃口をドローンの編隊に向けた。

次は何を仕掛けてくる？

山村はソファの陰に隠れようと床を這っていた。

そのときだった。

一台のドローンが、窓から店内に入り込んで来た。通販会社のマークの入った段ボール箱をぶら下げていた。ドローンのレンズが獲物を探す鷹のように動き回っている。不気味な動きだ。

「嘘でしょ」

床から跳ね起き、客席の奥へと走り逃げた。藤堂も追ってくる。

「おっさんも、走って」

山村に声をかける。

が、間一髪《かんいっぱつ》遅かった。ドローンが荷物を捨てた。オレンジ色の火柱が上がり、爆風が吹いた。路子も藤堂も壁に飛ばされた。

「おっさんっ」

路子は山村の身体が、宙に浮いたのを見た。ミラーボールのほうへ一度上がり、床に落ちた。

マシンガンを積んだ十数台のドローンが、ゴールデンエンパイアの窓という窓を撃ち抜いて引き揚げていった。

十分後、路子は硝煙《しょうえん》の煙るゴールデンエンパイアの隅で片膝立ちをした。藤堂の身体がハチの巣になっていた。すでに息絶えていた。

「ちっ」

路子は山村の元へ走った。穴だらけのワイシャツの下に防弾ベストが見えた。常在戦《じょうざいせん》場《じょう》への備えは怠っていなかったということだ。

「おっさんっ」

声をかけた。苦し気な表情をしているが微かに息はしていた。脈を取る。辛うじて打っていた。

刑事電話《ポリスモード》を取り出し、救急車を依頼する。

自分は藤堂の屍《しかばね》を抱きかかえ、エントランスに向かった。

皆殺しにしてやる。

路子は、まだ見えぬ敵に向かって吠えた。

第四章　爆風セレナーデ

1

「どうやら敵は泰明会も潰したいようですね。神戸でしょうか」

線香の香りがくすぶる境内を路子は、奈良淳一と並んで歩いていた。

中央南署の管区内にある築地祥伝寺《しょうでんじ》。さほど大きい寺ではない。藤堂昌行の葬儀が、そこで執《と》り行われていた。

藤堂は、巡査部長から二階級特進し警部となって警察官を終えることになった。二十八歳で警部。生きていれば、キャリアのような地位である。

それにしても呆気《あっけ》ない死であった。警察官という職業がいかに死と隣り合わせであるか改めて思い知らされた。

「神戸と決めつけないほうがいい。奴らは奴らで、いまは内輪もめの最中だ。東に手を出している暇はないはずだ」

　奈良が白い空気を吐きながら言う。今日は格段に寒い。

「そもそもヤクザは警察官を殺《あや》めるリスクを一番知っていますからね」

　路子は答えた。

　彼らが一番恐れるのは、警察という合法的に武器を持った団体に攻め込まれることだ。そう簡単に殺したりはしないはずだった。

「そうなんだ。だから一昨日ゴールデンエンパイアを襲った連中は、藤堂や黒須が内偵しているということを知らなかったのではないだろうか。単純に収入源であり、泰明会の表の迎賓館であるゴールデンエンパイアを潰しておきたかった。そういうことかもしれない。それとなんらかの理由で山村を消したかった。刑事が現場に居合わせていたのは、敵にとっては想定外であったと。俺はそう考える。もちろん想像の域を出ないが」

　奈良は大きなため息をついた。視線が境内の隅にあるパーティションで囲まれた特設喫煙所に向いている。一服したいらしい。

「煙草、付き合いますよ」

　路子は、テントのほうに足を向けた。

「黒須も喫《や》るのか?」

「いいえ、喫《す》いません。でも平気です。実家が経営しているスナックは喫煙可にしているので、免疫があります」

「なら、帰る前に一服させてくれ」

「はい」

ふたりで喫煙所に入った。同僚刑事たちが数人いた。

刑事たちは無言で喫っている。談笑をしている者はいなかった。いずれも厳しい眼をしていた。

昨日から、中央南署の刑事課には、静かな怒りが充満していた。

仲間をやられたときの刑事のまとまり方は半端ない。日ごろは反目し合いながら、手柄競争をしている間柄の刑事も、こうした場合は一致団結する。

「黒須、なんかあったら言ってくれ。こういうときは組対も二係もねぇ。突っつきたいところがあるなら言ってくれ。多少無理くりでもガサ入れしてやる」

ちょうど煙草の先を円筒型の灰皿に押し付けていた男が唐突に路子に言った。二係の濱《はま》野《の》星彦《ほしひこ》だ。二期上の三十歳。汚職のプロだ。典型的な無頼派刑事で、上層部の言う通りには動かない。先日も官邸から待ったがかかった大企業の粉飾決算を、特捜や国税に先駆けて挙げてしまった。政治献金の調達が裏にあったそうだ。

「サンキュー。手伝ってくれたら、先日の十万円分、半年間待ってあげるわ」

路子は小声で言った。この男にも貸してある。

奈良も大きく頷いた。濱野が奈良のほうを向いて言った。

「藤堂はN体大の後輩だった。後輩のくせにまったく遠慮のないやつで、柔道場では、いつも自分を投げ飛ばしてきました。弔ってやりたいです」

「手がかりが見えたら、声をかけるさ」

奈良は小声で答えた。

濱野が路子にも会釈して立ち去った。どこか藤堂に似た空気を醸《かも》し出している男だ。使えそうな男だと思った。

喫煙を終えた奈良と署まで歩いて戻ることにした。

「泰明会も案外、神戸と同じようになる可能性がある」

奈良が黒のオーバーコートの襟を立てながら言った。今夜は雪になるのかもしれない。

「そこまで、尖りだしていますか？」

関東の雄として、これまで一枚岩を誇っていた関東泰明会であるが、ここにきて現執行部を批判する一派が現れているのは、路子も知っていた。

この十年の間に、半グレ集団から本職入りした新興極道たちの一派だ。いずれも三次団体に位置し、傘下にはいまでも半グレ集団や暴走族を抱えている。

彼らの不満は、上納金の比率が大きなわりには、なかなか直参に取り立ててもらえないというものだ。

関東泰明会の直参はいずれも昭和中期からの老舗団体である。

元来は博徒《ばくと》系の組ばかりで占められているので、仁義や建前にうるさい。極道の中でも守旧派に位置する連中である。

やったもん勝ち精神の半グレ集団とは、そもそもが相容れぬ間柄であろう。

四日前に逮捕した本家の若頭山根俊彦の出身団体「黒影会《こくえい》」も戦前から続く組であった。発祥は横浜。その後、川崎、蒲田《かまた》、品川と都内に進出してきた名門である。

「山根を潰しに行ったのは、逆に失敗でしたかね」

路子は唇をかんだ。

「いや、これで逆に危険分子を炙りだせる可能性がある」

関東泰明会には、東日本側の闇社会の防波堤として、一定の勢力を維持してもらいたい。それが警察の本音である。

組対係を三年以上やっていれば、ヤクザの存在が、実は素人犯罪の予防になっていることが理解できるようになってくる。キャリアにはわからない現実的な理屈だ。

　路子が、大幹部の山根俊彦の隠れ家を襲ったのは、ひとつには組の統制に刺激を与える意味もあった。

「新宿の爆烈《ばくれつ》連合あたりが跳ね上がりそうですね」

　群雄割拠の歌舞伎町で伸し上がってきた半グレ集団新宿爆烈連合は、十年前に関東泰明会が傘下に収めている。

「本庁の組対部4課では、遅かれ早かれ、割れると踏んでいる」

「最大の理由はどこにあるでしょう?」

「爆烈連合の南原《なんばら》は、神戸が割れているいま、なぜ獲りにいかないのかと主張している。本部は、弱腰だとね」

「金田《かねだ》会長は、神戸の三団体とは等距離を保ったままですね」

「わざわざ抗争を起こしても何ら得になることはないと知っているんだよ。それよりも利権をうまくシェアして、外資や新興の半グレに隙を見せないほうがいいと考えている」

「極道もまるで総合商社みたいな発想になってきていますね」

　路子は、SLタワーを見上げながら、大きく息を吐いた。真っ白だ。『仁義なき戦い』はどこへ行った?

「抗争なんかで金を使うより、ニシとヒガシでしっかり手を組んで、非合法ビジネスを独占していたほうが得だと考えているのさ。ということは、少なくとも関東泰明会の本部ではない。むしろ山根が逮捕されて、喜んでいる連中かもしれない」

「山村は？」

一昨日爆風に飛ばされ、意識をうしなったゴールデンエンパイアの山村龍介の容態が気になった。重要参考人として警察病院に保護されている。赤坂西署の刑事が交代で監視しているはずだ。

「意識はもどったが、聴取を掛けられる状態じゃないそうだ。全身打撲だ。顎の骨も折れていて喋れないそうだ。一週間はかかるらしい」

被疑者ではなく被害者なのだから、しかたがない。

「十トントラックと本庁の本島さんの行方は？」

「刑事課が総力をあげて追っているが、まだ判明していない。クレーンも十トントラックも築地市場の解体に来ていた建設会社のものだ。運転手が離れている間に、奪われているが、キーは自分たちが持っていたそうだ」

犯人は、なんらかの手段でドアを開けエンジンをかけたということだ。

「防犯カメラによる追跡は？」

警視庁なら、交通部と地域部を総動員して各所の防犯カメラをチェックしているはずだ。

「海岸通りを芝浦に入った辺りまで追跡出来ているが、そこで消えている。どこかの倉庫に入ったと思われるがまだ確証がない。聞き込みをやっている最中だ」

すでに四日経っている。トラック、クレーン車、警察車両、それにふたりの人質を倉庫に隠しているのだろうか。

「まぁ、本島探しは本庁の管轄だ。俺らは、とにかく関東泰明会の水面下の動きのチェックだ」

「山村がやられたのであれば、ターゲットを変えなければなりませんね」

「場合によっては、金田会長に直接会って、揺さぶってみるか」

「それが可能なら、やってみる価値はあると思いますが。若頭を逮捕された泰明会も焦っているのではないでしょうか」

「実話誌の記者に仲介を頼んでみよう」

山根はこの三日間完黙している。覚醒剤の入手経路についてはおそらく絶対に口を割らないだろう。所持と使用、それに賭博開帳、売春などすべて背負って刑務所に入る気だ。十年背負っても五十歳。出てくれば会長になる目が残っていると踏んでいるはずだ。

それにおそらく自分しか知らない場所に二億程度の現金は隠しているはずだ。

「私、自宅に戻って、山根のアジトから持ってきた書類、しっかり分析してみたいのですがいいですか。映画や写真のほうが気になってしまい、金の流れをまだ解明していませんし」

「そうしてくれ。このまま帰っていい。俺は、神保町《じんぼうちょう》の出版社に行って記者に会ってくる」

そこまで言ったところで、奈良のポケットで刑事電話《ポリスモード》が鳴った。オーバーコートのサイドポケットから取り出しすぐに出た。

奈良の顔が弁慶の似顔絵のように歪んだ。

「なんだって！」

何が起こった。路子は、本島の遺体があがったのかと咄嗟《とっさ》に思った。

「わかった。すぐ戻る」

「どうしました」

「本庁に護送されることになった山根俊彦が署の玄関を出たところを狙撃された。絶命だそうだ」

「な、なんですって」

路子も悲鳴を上げた。

「中央南署の正面玄関で、ヤクザの大幹部が射殺されたんだ。大不祥事になる」

「急ぎましょう」

路子と奈良は、小走りになった。

署の前に着くと、すでに報道各社の車両が押し寄せていた。署の前に広がる駐車場の門は閉ざされ、その前に立つ広報担当と記者の罵《ののし》り合いが始まっていた。地域課の制服警官十数名が、門の内側に横一列に並び、中を覗かれないように盾になっていた。そのうち報道機関のヘリコプターがやって来ることだろう。

「警察署の正面をブルーシートで囲わなくてはならない事態って最低ですね」

不祥事を世間に晒《さら》すようなものだ。

敬礼をし、署の敷地内に入ると、玄関前に横付けされた護送車の周りに刑事が集まっていた。

組対係の係長、長谷部宗輔が蒼ざめた顔で現場検証に立ち会っている。山根俊彦の遺体はまだ動かされずにいた。

鑑識担当たちが、コンクリートの上を這いつくばっている。まさか自分の署の庭先を鑑識するとは思っていなかっただろう。

同僚の一係の刑事が近づいて来た。

「容疑者は、駐禁切符をヒラヒラ振りながらやってきたそうだ。立ち番が、ちょっとまってくれと、手で制したところ、素直に護送車の後ろで待機していたそうだ」

立ち番の警察官は、おそらく山根を乗車させる間だけ、人の出入りを止めたものとみられる。

「山根が出て来て、護送車のステップに足を掛けた瞬間に飛び出してきて、いきなり三発連続で撃ったそうだ。心臓、腹部、側頭部と完璧に撃ち抜いている。プロ中のプロだな」

「逃亡経路は?」

奈良が訊いた。

「立ち番に一発威嚇《いかく》射撃して、すぐに道路に走ったそうだ。スクーターに乗って逃げた。監視カメラを解析中だ」

署内に入った。刑事課の部屋はごった返していた。帳場をたてるために捜査員が集められていた。

「俺たちは?」

奈良が組対のもうひとりの主任である槙尾正樹《まきおまさき》に訊いた。

「そっちのふたりは本捜査には参加してなかったんだから、本部入りはないだろうよ。それより赤坂西署に協力したほうがいいんじゃねぇか。下働きは俺らが引き受けるさ。山根を尋問していたのも俺たちだからな」

槙尾が返してきた。これは縄張り争いではない。仲間の死を追ってくれということだ。

「わかった。出かけていいか？」

「おうっ。上への方便は任せてくれ」

槙尾が階上の署長室を指して言った。

路子は署長の岸部が首を括《くく》っていなければいいと思った。

路子は奈良と共に独自捜査を続けることにした。

奈良は、神保町にある大伝社《だいでんしゃ》に向かった。『実話東西』の記者に会うという。路子は自宅に戻ることにした。

正面玄関は、ごった返しているので裏の通用口から出た。

その瞬間、ふと思った。

なぜ、山根をこっちから出さなかった？

警視庁に護送する容疑者を、わざわざ正面玄関から出す必要があったのか。そもそも山根を逮捕した事実は公表していない。本島が拉致されたことと関連しているので、いまだに伏せているのだ。

何かがひっかかる。

路子は奈良を先に行かせ、通用口のすぐ近くにある売店に戻った。ここからなら、通用口が見渡せていたはずだ。

顔見知りのベテラン女性店員が退屈そうに座っていた。

「小春《こはる》おばさん、三十分前もここにいましたか？」

「三十年前から、ずっといるけど」

ジョークで切り返された。出身が大阪のせいか、必ずひとこと返してくる癖がある。

「いや、三十分前って、通用口に大型車が止まっていなかったかな、って思って」

「あぁ、さっき刑事さんも庶務の人とそれ確認していたね。ガム買いながら」

「そうなんですか」

わざわざ自分が確認するようなことでもなかったようだ。

「今日は粗大ごみの収集に来ていたのよ。古いロッカーの一斉廃棄があったから」

女性店員は肉まん、あんまんの入ったガラス容器を見ながら教えてくれた。今年からカレーまんも入るようになった。

「黒須刑事、肉まん、どぉ？　肉増量になっているよ」

「ひとつ下さい」

食欲はなかったが、話を聞かせてもらった礼に、買うことにした。肉まん入り紙袋をショルダーバッグに入れる。中が一気に肉まん臭くなった。

2

銀座八丁目のクロスビル六階の自宅に戻り、押収したファイルを一冊ずつ確認した。まさしくそれは裏帳簿だった。

一冊目は入金と出金の額が大きく、この二年ほどの記録だった。

ひと月の間に五回の振り込みがあり、五千万円程度の入金がある。

そして二か月に一度、一億出金している。五回の入金は、定点観測していた町村チームの報告書にある闇カジノ開催日とピタリと合致した。

つまりは闇カジノで儲けた金で覚醒剤を購入していたと推測出来る。そして購入した粉もあの部屋の冷蔵庫に保管していたのだ。

なるほど、あのタワーマンション『インペリアルステート勝鬨』の四〇二一号室はそっくり関東泰明会の金庫だったといえる。

二か月に一度、一億が持ち出されている。シャブの購入日だ。

シャブは、どこで？　どんな方法で取引がなされていた？

路子は『インペリアルステート勝鬨』の四〇二一号室の定点観測チームだった町村に電話した。

町村はすぐに出た。捜査本部設置の準備にとりかかっているところだった。

「忙しいときにごめんなさい。この十月二十三日はもう山根のマンションを張っていたわよね」

「あぁ、三週間目に入ったときだ」

「その日、山根か手下が大金を運び出した形跡はある？　一億レベルで」

「いや、いますぐは確認できない。ドタバタしているんだ。俺たちの監視映像データとマンションの管理会社から提供してもらった防犯カメラデータを、いますぐ送ってやる。解析は自分でやってくれ。俺たちは、いま山根殺しのほうの援軍で手一杯だ」

「ありがとう。送ってちょうだい」

路子は目の前に積み上げられたファイルとUSBメモリースティックを眺め、ため息をついた。うんざりするほどの時間がかかりそうだ。

そのうえ、マンションの映像解析もしなければならない。

路子は、次に符牒《ふちょう》で書かれた複式簿記の解明にとりかかった。これはしんどい作業だった。符牒の正体を暴くのが早いのか、金の流れの特徴を摑んだほうが早いのか？

　符牒はすべてアルファベット三文字と数字で表されていた。

　ＳＣＫ０８とかＴＫＭ１４とかいう文字だ。おそらく個人名か企業名を指しているのだと思う。金額の単位もわからない。桁は少ないのだ。３００とか５６０とかだ。

　路子は、ふと藤堂の葬儀で顔を合わせた二係の濱野星彦を思い出した。

　二係は帳簿分析のプロだ。

　すぐに電話してみた。濱野は署にいた。

「先輩、貸してるお金、帳消しにしてあげてもいいですよ。その代わりに裏帳簿の分析をしてもらえたら」

「任せろよ」

　濱野はすぐに食らいついてきた。

「訳あって、署ではお見せ出来ません。濱野さんのことは信用してますが」

　濱野は金を貸しても必ず期日には返済してくる。返済がきちんとしている人間は信用出来る。

「署が絡《から》んでいる可能性があるということか」

「官邸が絡んでいる可能性があります。内調に筒抜けにされたくありません」

「なるほど、ヤクザと政治家か。俺は内調の情報官を政治家の犬だと思っている」

「同意はしかねますが、我々の公安とは、動き方が違うと思います」

「奴らは、外国の諜報員を探る以上に、最近は政権の支持率調査での梃《てこ》入れ工作に躍起になっているからな」

そうした評価があることも確かだ。

「よろしければ、並木通り八丁目にあるスナックまで来てもらえませんか。母がやっている店ですが、この時間は空いています」

「わかった。すぐに行く」

五階のスナックで待っていると、濱野は十分ほどでやってきた。

路子は資料とUSBメモリーを持ってボックス席についた。午後二時だった。

「真っ昼間に来てもスナックっていうのは、夜の雰囲気だな」

濱野は、不思議そうに店内を見渡していた。

「窓がないからですよ。自然光というのが入らず、すべて人工の光で調節されているので、昼でも夜でも変化がないんです。資料これです」

「この日々の帳簿とか、損益計算書、バランスシートというのは、私にはさっぱりわかりません」

「お安い御用だ」

濱野が、資料を読み始めた。

「ビールっていうのもなんですかね？　逆にコーヒーとかないんですよ」

路子は聞いた。

「ビールがいいね。飲んだぐらいで、見落としはないよ。俺たちは、毎日こんなことをしているんだから」

濱野は書類から眼を離さずに言っている。路子は冷蔵庫から中瓶を取り出しグラスに注いだ。小皿の上に柿ピーを載せて、テーブルに運んだ。

「瓶かよ。さすがだな」

書類から視線をあげた濱野が、眼を丸くした。妙なところに感心するものだ。

「普通、スナックで缶ビールはないです。それじゃ自宅飲みと一緒じゃないですか」

「だよな。世の中、意外と気が付かない盲点って結構あるよな」

濱野は、喉を鳴らしながらグラスのビールを飲み干した。路子も相伴《しょうばん》した。路子は路子で、町村から送られてきたインペリアルステート勝鬨の映像をチェックした。

特に出入りをする人間の人相と手荷物に眸を凝らした。怪しいものを運ぶ人間には何らかの特徴があるものだ。

一時間近くチェックしたが、それらしき光景は出てこない。ノートパソコンでは首がつかれたので、カラオケ用の五十インチ液晶ビジョンに繋げた。背もたれに身体を預けて眺める。姿勢は楽だが、手掛かりはなかなか見つからない。

濱野は盛んに自分の手帳にアルファベットと数字を書き込んでいる。いろいろ試している様子だ。ときどきなにか念仏のように唱えている。

さらに一時間が経過した。

先に声を上げたのは、濱野のほうだった。

「ひょっとして、俺の仮説が当たったかもしれない」

しばらく書類をチェックしていた濱野が、ふと視線を天井にあげた。止まったままのミラーボールを見ていた。

「仮説？」

「こういうものは、過去の経験に沿って、幾つか仮説を当ててみるしかないんだ」

濱野に依頼したのは正解だったかもしれない。

「最初に数字で追った。すると数字の相手が絞り込まれてきた。その符牒だけを書き出していくと、俺たちがいつも目をつけている企業名や団体、個人のイニシャルに近い特性があると気付いたんだ。あくまでもこれはまだ仮説だが、符牒の法則はスリーレターコード方式だ。後ろの数字は取引を始めた西暦だと思う。そう思って大きな数字の相手を、仮定してみると、これが面白いほどに、すべていわくつきの会社や団体に行きつくんだ」

　まさに二係の本領発揮だ。

「例えば、どれかひとつ例を教えて下さい」

「一番取引期間が長く、額もでかいのが、このMZE45だ」

「それは、なんですか？」

「俺は『桃園エンターテインメント』、一九四五年からの取引と読んだ。そう思うと腑《ふ》に落ちる」

　桃園？　路子は息を吞んだ。

「その会社、どんな仕事をしているんですか」

「戦前、ロスやサンフランシスコで諜報活動をしていた桃園機関の流れを持った会社だ」

「特務機関？」

「当時はM機関と呼ばれていたそうだ。京都の旧華族桃園家の資金提供を受けた機関だ。在米日本人興行師たちに諜報ネットワークを作らせたのが始まりだ。仕切っていたのは森《もり》本譲二《もとじょうじ》。サンフランシスコで「芸者ショー」を公演していた男だ。現在の『桃園エンターテインメント』も総合娯楽イベントの企画運営会社となっているが、実態は怪しげな仕事ばかり請け負《う》っている。例えば音楽チャートの工作とか、集団でネットに書き込みを行って世論操作を行ういわゆるヤラセ投稿の請け負いなどだ。面白いことに、選挙のプロデュースも引き受けている。社長は孫の森本宏幸《ひろゆき》だ」

「選挙も娯楽のひとつとして受けとっているんですかね」

路子は皮肉を言った。

「というか世襲《せしゅう》政治家の指南役を請け負っているのだろう。戦後、桃園誠人は、占領軍と日本政府の間に入ってさまざまな仲介役をしているが、その内容は、かなりやばいことだったようだ」

映画との繋がりが見えてきた。同時に祖父の遺影が浮かぶ。もしかしたら、知り合いだったのではないか？

「関東泰明会との繋がりはなんでしょう？」

「知と暴力の相互利用だと思う」

「どういうことでしょう？」

「二係が扱う詐欺師たち、例えばオレオレ詐欺の台本を書くやつとか、地面師《じめんし》、パクリ屋といった連中は、ああ見えて暴力は好まないんだ。犯罪を知のゲームだと考えている輩《やから》が多い。ただし、自分たちを守ってくれる極道とは連携したいと考える。いわば極道を自衛隊と考えてる」

「逆に泰明会に乗っ取られることはないのですか」

ヤクザはヤクザだと考えるのがマルボウの習性だ。

「いや、持ちつ持たれつさ。例えば泰明会としても彼らのような頭脳は宝のような存在だ。腕っぷしだけの極道じゃ考え付かないような新型犯罪企画を考案してくれるんだから、いくらでも後押しするさ。例えばシャブの取引でも、彼らは海外マフィアすらハメるような仕掛けを作る」

「例えばどんなことですか？」

「以前やったケースとしては、取引現場に警察を入れて没収された形にするんだ。実はある県警がグルになっていた。事案は県警絡みということでうやむやになっている。こういう局面にも桃園エンターテインメントの影がちらつくこともある」

見えなかった何かが、ぼんやり透かし絵のように浮かんでくる思いだ。

「桃園の他にも、大きな資金が流れているのは、先日、大手の不動産屋を嵌めた地面師グループだ。警察の持っている俗称とこの符牒は一致している。舞台装置を作るため元手を送っていたんだと思う。奴らが仕掛け始めた時期と資金を送金した日にちが妙に合致している」

濱野は嬉々としてファイルを手繰り始めた。

「他の特徴は、何か見当たりますか？」

「逆に入金には、一般企業が多い。だがそこにも特徴がある。内紛があった企業や、外資系ハゲタカファンドに乗っ取られそうになった企業ばかりだ」

濱野のグラスに新たなビールを注ぎ足した。

「関東泰明会が解決の労をとったという構図ですね」

「二係の立場で言わせてもらえば、ここにも桃園のにおいがするということだ」

「またも桃園ですか」

「あぁ、詳しく教えてやりたいが、さきにUSBメモリーの中身とかも調べさせてくれ。たぶん政治家が絶対に絡んでくる。いますぐ挙げられないまでも、監視対象に入れることが出来る」

泳がせて、もっとも有効な時期に挙げようという算段だ。まるで国税の摘発に似ている。一番ダメージの強いときを狙うのだ。

「わかりました。私もそこが知りたいです」

とにかく関東泰明会の中で何かが蠢《うごめ》き出しているのは間違いない。

金と覚醒剤をかっぱらい、ゴールデンエンパイアを襲撃したのは、どこの誰だ？

路子の脳裏に桃園エンターテインメントという社名が点滅し始めた。

スマホが鳴った。

神保町の実話東西の記者と会っているはずの奈良からだった。

「はい。黒須です」

「関東泰明会の金田潤造《じゅんぞう》会長が黒須、おまえひとりなら会うということだ。いま、目の前で記者が打診してくれたのだが、おまえを指名している意味がわからん」

奈良は困惑していた。

「金田潤造が、私のことを知っているということでしょうか？」

「俺も驚いている。金田がいきなり黒須の名前を出してきたそうだ。どっかに因果があるんじゃないか」

マルボウが定点観測で極道の面割りをしてデータの蓄積をしているように、極道側もまた情報屋を通じて刑事たちの素性を知ろうとしている。隙あれば付け込むのは彼らの常套手段だ。

「もちろん、行きますよ。マルボウにとってこれほど美味しい任務はないです」

「わかった、仲介役は記者だ。泰明会の番記者で鈴木《すずき》という。彼が案内する」

「いつでしょう」

「それが、いますぐだと抜かしやがる。動けるか」

「すぐに行きます」

路子は断言した。資料分析に濱野の協力を得ているのは伏せた。

濱野が怪訝《けげん》な顔をする。

「泰明会の会長と面会出来ることになりました。濱野さんはここで仕事を続けて下さい。今夜は店を休ませます」

「そんなこと出来るのか?」

「所詮、両親が趣味でやっている店です。かまいません」

路子は母に電話をし、むりやり了解を取り付けた。カラオケ用の液晶ビジョンはそのままにしておいた。戻ったらまた見ればいい。

「ではすみません。これから出ます。七時になったら、母が夕食の差し入れを持ってきますので、遠慮せずに食べて下さい」

「なんかすまんな」

濱野が頭を掻いた。

3

神保町から出版社のワンボックスカーに乗せられ首都高速に上がった。ステアリングを握っているのは鈴木陽介《ようすけ》という記者だ。

行先は告げられず、路子は助手席に乗せられていた。

鈴木は四十代に見える。

十二月とあって、陽が傾くのが早い。ワンボックスカーは沈む陽の方向に向かって走っていた。しばらくすると、フロントガラスに新宿の高層ビルが見えてきた。西新宿ジャンクションを経て、車は幡《はた》ヶ谷《や》方面に向かう。

「富士の樹海にでも連れて行って放置されるのかしら？」

答えないのはわかっていても、車内に流れる重い空気を取り払うべく、路子は訊いた。

「最初に言ったはずだ。俺は、ここに存在していない。あんたは、気が付けば金田さんの前にいるんだ」

極道が好んで着る銀鼠《ぎんねず》色の背広を着た鈴木陽介が前方を向いたまま言った。大伝社の記者なのは承知しているが、醸し出している雰囲気は、極道に近い。

極道との常習接触者は、たいがいに多様な人相になる。マルボウも同じだ。極道の持っている侠気のエネルギーに、つい感化されてしまうのだ。

「わかりました。警察へのご協力に感謝します」

おおげさに頭を下げてやった。

「その言葉もよけいだ。俺たちは警察に協力なんてしない。そんなことをしたら、極道の取材なんか出来なくなる。今回は会長のほうから、あんたのことを指名してきた。だから俺がお連れすることになっただけだ」

鈴木が不機嫌そうに片眉を吊り上げた。

「なんで、私なんでしょうねぇ」

路子が暮れなずむ空を見上げながら、呟いた。もちろん鈴木は何も答えなかった。

車は西へひた走った。沈む夕陽を追いかけているようだ。高井戸《たかいど》を越えたので、中央高速となった。対向車線は渋滞が始まっていたが、楽勝だった。

調布《ちょうふ》インターで、降りた。ちょうど陽が落ちる。

「市街地で会えるみたいね。安心したわ。私、淋しいところは嫌いだから」

「大丈夫だ。飛び切り華やかなところで会長は待っている」

ようやく鈴木が行先について口を開いた。

この町の高級キャバクラか？

関東泰明会の本部は現在六本木にあるが、都内に参加団体のない地区はない。その縄張りは東京都の行政区以上に細かく分割されている。

調布は黒政組《こくせいぐみ》と闘魂会《とうこんかい》がシェアしている。ともに関東泰明会の三次団体だ。

いずれかの縄張りの店に連れて行かれるのだろうと、路子は想像していたが、車は意に反して駅前の繁華街には向かわず、多摩川方面へと降りていった。

川沿いの道へと出る。多摩川はすでに暗色で、闇が横たわっているようにしか見えなかった。

ワンボックスカーはいきなり右折した。広大な土地とゲートが見えた。

「ここは？」

路子はナビ画面に視線を走らせた。『大活《だいかつ》調布撮影所』。

「！」

「大伝社の鈴木です。Ｇスタジオへ」

サイドウインドーをおろした鈴木が、ゲート前の守衛室に向かって声を張り上げた。

「伺っております」

守衛が頷きゲートバーが上がる。

鈴木は大小のスタジオ棟が並ぶ撮影所の中央通りを、制限速度の三十キロで進んでいた。あちこちのスタジオから灯りが漏れている。同時に熱気も漏れ伝わってきた。

独特の雰囲気だ。

周囲の一般社会から切り離された独特の光景が広がってきた。

スタジオはいずれもコンクリートの打ち放しで、鉄の扉には何度も塗り替えたような痕跡がある。

日本映画が栄えた時代の遺構がいまだに現役で活躍しているようだ。テレビ局などとは異なる歴史の重みがここにはあった。

「カメラや照明設備は最新のものに変わっても、囲いというのは別に変える必要がないんだろう。昭和のアクションスターも往年のポルノ女優もこの景観を眺めていたことだろうよ。大活はもはや自らの手で映画は作っていないが、スタジオは生きている。かつてのライバル社もここを利用している」

ようやく鈴木がしゃべり始めた。

路子は呆気にとられたまま、ただ頷いた。

中央通りを左折した。さらにスタジオ棟は並んでいる。大小さまざまだが、ざっと眺めただけで十棟ほどあった。

その一番奥まった位置が見えてくる。鈴木が言ったGスタのようだ。

そのスタジオの前を見て、路子は眸を瞠《みは》った。

黒い背広を着た人相の悪い男たちがざっと五十人。手を後ろに組んで整列していた。

「あれは、登録上エキストラってことになっているが、全員本職なので、刺激しないように」

鈴木はさらにスピードを下げて、進んでいる。

「泰明会の組員?」

「もちろんだ。黒政組と闘魂会から選《え》り抜きの武闘派が集められている。直参の連中は中にいるはずだ」

「なぜ、ここに」

路子は聞いた。

「入ればわかるさ。あんたを呼んだ意味もな」

Gスタに近づくにつれて線香の匂いが漂ってきた。

鈴木の車がGスタジオの前に到着すると、黒い背広を着た組員たちが一斉に股を広げて腰を折り、両手のひらを膝に置いて声を揃えた。

「ご苦労さんでございます」

男たちの声が、合唱となって星空に木霊《こだま》する。

「ずいぶんと芝居がかっていない?」

路子は助手席の扉を開けながら鈴木に訊いた。

「エキストラとして集まっているのだから、当然だろう」

「なるほど」

路子はGスタの前に立った。中腰の姿勢を保ったままの組員たちが、鋭い視線を寄越す。路子も眼に力を込めて、右から順に男たちを睨んだ。ヤクザと対峙したら、目をそらさないことだ。マルボウの鉄則である。

「閲兵《えっぺい》はそれぐらいでいいだろう。見せもんじゃねぇんだ」

重たい鉄の扉が開いて、中から角刈りの男がひとり出て来た。

「泰明会本家付きの湯田《ゆだ》だ」

覚えのある顔だった。警察データにある顔だ。湯田晶久《あきひさ》。本家付きの若頭補佐。自分の組は持っていない。いわば事務方トップだ。かつては山根の組にいた。

「会長は中だが、いちおう改めさせてもらえんかね」

湯田は右手に金属探知機を持っていた。

「ヤクザが警察に持ち物検査するなんてありえないわ。あなたたちと違って、うちらは拳銃を持っていいことになっているのよ。それもトカレフだの中古品じゃなくて、サクラM16の新品。特殊警棒も持参しているけど外すつもりはないわ」

挑発した。弱みを見せたら、とことん付け込んでくるのがこいつらだ。そんな相手にはどこまでも突っ張らないと落としどころが見えてこない。

「ちっ」

湯田が頰を引き攣らせた。

「さっさとその扉を開けなさいよ」

「オヤジになんか下手な真似をしたら、刑事《デコスケ》だろうが、刺し殺すからな」

「呼ばれたから来たんだけど、ずいぶんなもてなし方ね」

路子はすっと湯田に接近し、いきなり股間に手を伸ばし玉を握った。一瞬のことだった。

ぎゅっと力を籠める。

「うっ」

湯田が眼を剝《む》いた。

「このまま潰すと、内臓が破裂するそうよ。まだやったことないんだけど、一度試してみたいと思っていたの」

路子は本気で金玉を圧迫した。肉棹が漲《みなぎ》った。ファスナーの前がパンパンになっている。

「やめろっ」

湯田が荒い息を吐いて、顔を歪めた。

「二度と私に命令なんかしないことね」

そのまま湯田の鼻梁に頭突きを叩き込んだ。

「くわっ」

鼻から血がしぶいた。間髪《かんはつ》容れずに腹に膝頭を見舞う。威嚇なので深くは入れない。

「なにしやがんだ」

周囲の組員が取り囲んで来たが、湯田が手で制した。

「いずれ、きっちり礼を言わせてもらうぜ」

ハンカチを鼻に当てた湯田が、鉄扉《てつぴ》に向かって歩きだした。

およそ七十年前から存在するスタジオの扉が、軋《きし》む音を立てながら開いた。煌々とライトが照らされている。湯田に続いて足を踏み入れた。鈴木もついてくる。

「うっ」

路子は、視線を一度床に落とし、手庇を翳しながらもう一度前方を向いた。

巨大なスポットライトが路子に向けて光を放っていたので、前方がホワイトアウトしているのだ。

「喪服で来てくれたとは有り難い」

光の向こう側から、低くしわがれた声がした。

「あんたが金田さん？　強力なライトも凶器のひとつとみなすことが出来るのよ。逮捕していい？」

あえて会長とは呼ばない。日本一の極道だろうが、犯罪組織の長であることに変わりはない。警察がへりくだる必要はないはずだ。

「なかなか取引上手だな。さすがは黒須次郎の孫だ」

金田がいきなり祖父の名を出してきた。軽く動揺したが、それを顔に出さずに切り返す。

「どうでもいいんだけど、顔を隠したままというのは卑怯じゃないかしら？　話し合いというのは相手の表情を見ながらやるものだわ」

「ふんっ」

いきなりスポットライトが、天井に向けられた。

前方がはっきり見えた。なんとそこには巨大な祭壇が設《しつら》えられ、全国津々浦々《つつうらうら》の任侠団体からの花輪が飾られていた。

祭壇の中央に遺影《いえい》が飾られていた。山根俊彦のものだった。黒い額縁の中で山根俊彦がニヒルな笑いを浮かべている。

路子はさすがに動揺した。

その祭壇の正面に置いた椅子に金田潤造は座っていた。紋付袴《もんつきはかま》姿だ。間もなく八十歳になるはずだ。

実物は小柄な老人だった。ただし眼光は鋭い。金田の両サイドにマシンガンを持った屈《くっ》強《きょう》そうな男が立っている。

「いまではね、わしらは表立って葬儀を挙げてやることも出来んのだよ。本家の若頭が殺《や》られたというのにな」

「それで、このスタジオを？」

「そういうことだ。映画の撮影をやるということで大活さんに貸してもらった。話をする前に、まずは焼香してくれんかのう。あんたに引っ張られて、その上殺されたんだ」

金田が真っ直ぐに視線を向けてきた。

「わかったわ。ご焼香させていただきます」

路子は祭壇に進み合掌し、焼香した。今日は同僚と敵の両方を弔うことになった。

「ありがとよ」

終えると金田の声がした。

「そこの応接セットで話し合おうじゃないか」

金田が顎でスタジオの隅を指した。美術セットなのであろう。黒革のソファセットが置かれていた。

金田がステッキを突きながら移動する。ボディガードが続こうとすると手のひらを振って遠ざけた。

「マシンガンだ。三十メートル離れていても撃てるだろう。話はサシでやる」

路子は続いた。

「飲み物は要らんかね？　ケータリングサービスとやらの用意したものしかないがね」

「キャップの詮を切っていないミネラルウォーターのボトルを」

「わしはウーロン茶にする」

下っ端が走り、すぐにそれぞれのペットボトルを持ってきた。

「子分《むすこ》が死んでも、遺体も返ってこないというのはつらいのう」

金田がウーロン茶を飲みながら言う。

「司法解剖の後に、戻すわ」

「よろしく頼むよ。極道は極道の墓にいれるしかないからな」

「わざわざ私を呼び出したのは、遺体の引き渡しについての相談？」

「まぁ、そう急《せ》くな。極道には極道の掛け合いの仕方というものがある」

「先ほど、私の祖父の名が出ましたが、何かご縁でも？」

路子は話頭を変えた。金田の顔が和《なご》んだ。

「黒須次郎さんと泰明会の三代目大熊諭吉《おおくまゆきち》は、戦後の混乱期に手を組んでいた。政府が機能していなかった時代だ。黒須さんはＧＨＱと日本政府の間を走りまわって民間防衛の必要性を訴えてくれたんだ」

「民間防衛？」

路子が水を一口飲んだ。

「国が国としての体《たい》をなしていなかった時代のことだ。誰が一般市民を守るんだね」

「極道たちが守ったと言いたいのね」

「それは事実だ。警察が出来なかったことをわしらの祖先はやってきたんだ。戦勝国となった在日アジア人たちが闊歩《かっぽ》しだした。奴らは、戦勝国民として、米軍物資を優先的に受け取れたわけだが、それを元手《もとで》に闇市を開き、どんどん街を支配し始めた。あげくマフィア崩れの米兵たちが除隊と共に日本で商売を始めた。日本では珍しい食料や雑貨を輸入しいっぱしの貿易商を名乗った。クスリも売春も仕切りだしたんだな。当時はGHQの検閲があった時代だから、新聞にも載っていないが、そこらじゅうで、ギャング同士の銃撃戦があったし、婦女子が襲われることも多々《たた》あった」

　ギャングという言葉も懐かしい。古いアクション映画では、赤木圭一郎《あかぎけいいちろう》や石原裕次郎《いしはらゆうじろう》が、無国籍風の港町で、そのギャング団たちとよく闘っている。

　いま座っている椅子も当時の趣があった。

「そんな状況をみて、黒須さんがGHQや日本政府に掛け合ったんだ。毒を以て毒を制するしかないとね」

「その毒がみなさんの祖先ですか？　都合のいいように歴史を改ざんしていませんか？」

　古今東西、為政者は自分史を美化する習慣がある。ヤクザはもっともやりたがる。

「そうじゃない。黒須さんは、日本のヤクザはすべてがアメリカのマフィアのような存在ではないと、GHQや日本政府に説明したんだ。愚連隊ではなく任侠団体というのがあると。江戸時代、徳川幕府から十手《じって》を預かって当時の刑事にあたる同心の助っ人をしていた岡《おか》っ引《ぴ》きは、任侠団体の祖先だと」

「物は言いようね」

「そうかもしれん。しかし、実際にあの混乱の時代に、街の秩序を守ったのは国内の極道だったのさ」

「戦後のヤクザ史の講義はそのぐらいにして、現実の事件について訊きます。警察車両を攫《さら》ったのは、あんたらじゃないの？」

路子の心証としてはすでに異なるのだが、とりあえずぶつけてみた。

「断じてわしらではない」

金田はきっぱりとした口調で、そう言った。刑事の勘としては虚言ではないようにうけとれる。

「じゃあ、どこがやったというの？」

「それを伝えたくてあんたを呼んだ」

金田の眼が光った。

「それを早く言ってよ」

「新宿爆烈連合の南原秀明《ひであき》だ」

いきなり言われて路子は首を傾《かし》げた。当たりまえすぎる。

「内部抗争に警察を引き込もうという魂胆《こんたん》？」

身内の反乱分子をチクって、警察に潰させるのは、よく極道が使う手だ。

「なぁ黒須さん。お互い身内の命《タマ》をひとつずつ取られたんだ。わしも山根の遺影の前で、ハッタリかましたりしねぇよ」

「爆烈連合単体で、泰明会に刃向かうのは無茶すぎるわ」

路子は片眉を吊り上げた。

「桃園エンターテインメントの森本が寝返った。だからわしはあんたと組む気になったんだ」

「どういうこと？」

ここでまたもや桃園の名が出た。そしてそれと自分が繋がるのはどうしてだ？

「戦後の七年間、桃園機関と黒須機関は、真っ向から対立する組織だったのさ。最後に黒須さんが勝った。だから以後桃園の流れを汲む残党は泰明会に協力せざるを得なくなったわけだ」

思わぬ話を聞いた。

「桃園エンターテインメントと泰明会の関係は？」

「うちが奴らの弱みを握っているにすぎんよ。資金洗浄の仕組みを握っていたんだ。そろそろあんたらも、山根のところから持ち出した書類で、解明しているんじゃないのかね」

金田が見透かしたような目をした。

書類もそうだが、映画についても話を聞きたかった。それを切り出そうとした瞬間、刑事電話《ポリスモード》が鳴った。署長の岸部からだった。

「ちょっとお待ちを」

路子は、立ち上がり、壁際に寄り、電話に出た。

岸部の声は裏返っていた。

『本島と運転手の死体が上がった。勝鬨橋の下からだ。泰明会の動きはどうなんだ』

「いま探りを入れている最中ですが、泰明会本体とは違う様子です」

『なぜ、そんなことが言えるのだ』

正直に話すわけにはいかなかった。

「勘です」

ノンキャリの刑事はこれで何もかもすますことにしている。

『勘にも根拠があるだろう』

妙にしつこい。

「岸部署長、どうかしたんですか？」

路子がそう言ったときに、金田が突如立ち上がり叫んだ。

「引き揚げるぞっ」

その指示にしたがい、極道たちが金田を囲みスタジオの外へ移動し始めた。

「えっ？」

『黒須、おまえいまどこにいる？』

路子はすぐに電話を切り、刑電を床に叩きつけた。

スタジオの外へと向かって飛び出した。

金田たち幹部は、すでに車で移動していた。金田を乗せたセダンがゲートに向かって走り出している。

鈴木だけが、訳がわからないという顔でスタジオの前に立っている。

スタジオ前に立っていた五十人ほどの組員たちは拳銃を握っている。

「車出して。早く」

夜空にドローンの群れが現れた。円盤状のドローンだ。五機ずつVの字の隊形を組んだのが四編隊。全部で二十機だ。最初の二編隊が段ボールをぶら下げている。ゴールデンエンパイアを爆破した時と同じ通販のマークの入った箱だ。

「あのドローンが下げている箱を撃って。このスタジオが爆破されるわよ」

路子はそう叫んだ。

組員たちが、一斉に発砲を開始した。ヤクザのわりに腕があった。五十人が一斉に十個の段ボールを狙い撃ちしたので、八個が空中爆破を起こした。夜空にオレンジ色の炎が稲妻のように広がった。やたら眩《まぶ》しい。ちょっとした花火大会だ。

箱が二個地上に落ちて来た。連続してスタジオ前の車道に落ちる。衝撃で爆発が起こった。火花が四方八方に飛び散った。爆風と共に火焔が襲ってくる。ゴールデンエンパイアのときよりも威力があった。

「うっ」

「熱いっ」

数人のヤクザが炎を背負って路上を転げまわっていた。どうやら、超小型化されたナパーム弾だ。

「おいおい、どこの組がカチコミをかけて来たんだよ」

「わからないわよ、私だって」

路子と鈴木は車に飛び乗った。

後方の二編隊が頭上に迫っていた。段ボール箱は積んでいないが、ドローンの尖端に機銃がついているのが見える。

「やばいよ、やばいよ。早く走って」

路子は拳銃を持っていないことを悔いた。今朝は藤堂の告別式に出席したこともあり、端から拳銃は携帯していなかった。

轟音と共に車道に銃弾の雨が降って来る。鈴木のワンボックスカーのルーフも被弾する。

「まるで空襲じゃないか」

鈴木が、ステアリングを握りながら悲鳴を上げた。

空襲？　何かが脳の裏側にひっかかった。

「ひょっとしてこれ米軍の空襲？」

ゲートに向かって疾走する車の中で、思わずそう呟いた。

「まさか、なんで米軍なんだよ」

「これだけの軍備、ヤクザでもテロリストでも無理よ」

もはや軍備と呼ぶにふさわしかった。飛来しているのはドローンだが、それはそのまま一九四五年のＢ２９を思わせる。

「ドローンでこれだけ正確に空爆が出来るというのは、それなりの管制システムを持っているということだわ」

「まさか、横田基地からコントロールしているなんて言うんじゃないよな」

鈴木は、ありえない、という顔で言っている。

路子は横田と聞いて逆に信憑性を得た。横田基地は調布のすぐ近くだ。

とすると……。ゴールデンエンパイアは、六本木の米軍ヘリポートのすぐ近くにあった。

これ、やばすぎない？

「うわぁああ」

鈴木が叫んだ。凄まじい銃撃音と共に、リアウインドーが粉々に砕け散りだしたのだ。

「落ち着いて、ガソリンタンクに引火しない限り爆発はしないわ。案外、上空からは、走行する車は狙いにくいはず」

路子は以前ＳＡＴの隊員から聞いた話をして、鈴木を落ち着せた。

ただしドローンの性能とそれを遠隔操作している奴の能力がさらに高ければ別だ。ゴールデンエンパイアでの操作も見事なものであった。

「おいおい、ドローンが高度を下げて来たぞ。真横に付かれたら、タイヤもガソリンタンクも狙い撃ちされるぞ」

「前を行く金田さんの車に連絡して」

鈴木がスマホを投げてよこした。ドローンは確かに、徐々に高度を下げていた。銃弾の威力が増してくる。ルーフにガンガンと弾丸が撃ち込まる音がする。穴が空くのも時間の問題だ。

「そのままタップしろ。ボディガードの大西《おおにし》が出る」

スマホの画面にその名前が浮かんでいた。路子はタップした。

「なんだっ、こらぁ、てめえ、警察《サツ》の犬になりやがって。オヤジを売ったな」

大西は、鈴木と勘違いしているようだ。

「金田さんに伝えて、私も警察に潰されそうだから、手を組みましょうって。とりあえずドローンから逃げるには、河原に降りて、ヘッドライトを消すのよ。あのドローンの最大の欠点はサーチライトがしょぼいってこと。明るい目標は、あいつの目にもはっきり映るけど、暗がりでは解析度が落ちるはず。こっちも同じ場所に突っこむから、とにかく河原に降りて」

路子はそう叫んだ。どこかの管制室でモニターを観ている奴も、早くこの二台を爆破させたいと焦っているはずだ。

「なんだ女デコスケかよ、そこにパトカーが十台潜んでいるって寸法だろう、ふざけんじゃねぇよ」

大西が電話の向こうで吠えている。金田のセダンは、ゲートを突っ切ったところだった。テールランプが揺れている。

「信じてっ。そうじゃないと、その車、いまに追いつかれて、爆破される」

路子も声を荒らげた。

一般道に出たセダンが突如、河原へと降りる小路に入った。

金田が指示したものと思える。

セダンが暗い川べりへと消えていく。

「続いて」

路子の叫び声に呼応して鈴木が、小路へとステアリングを切る。ドローンが背中に迫っていた。バリバリと機銃掃射をしている。

「ブレーキ踏んで」

「なんだって」

「いいから踏んで」

路子に気圧《けお》されて鈴木がブレーキを踏んだ。ワンボックスカーが急停車する。

「伏せて」

路子は鈴木の頭を押さえて、自分も前屈みになった。バリバリと機関銃から発射される弾丸が車内のあちこちを砕いている。

だがすぐに轟音が鳴った。後方のハッチドアにこの車を追跡してきたドローンが激突したのだ。

やはり見えていない。路子は確信を持った。

モニターを見ているやつは、いきなり暗闇に入り込まれたので、目を凝らしているはずだ。いきなり一機破壊されて画像が消えて驚いているようだ。

残りの機がいきなり高度を上げた。サーチライトを回転させているが、所詮はドローンだ。ジェットヘリのような威力はない。

「進んで」

「わかった。あんたの言う通りにするよ」

ワンボックスカーはヘッドライトを消して、多摩川べりへと降りた。暗がりを目視だけで金田のセダン車へと接近していく。

突然、手にしていたスマホがバイブした。大伝社と表示されている。

「会社からですよ」

鈴木がスマホを受け取り、耳に当てた。

「えっ、奈良さんが」

そのまま鈴木が絶句した。すぐにスマホを切り、唇を震わせながら伝えてくれた。

「奈良さんは、うちの社であんたが帰るまで待機しているはずだったんだが、ラーメンを食いたいと出たところで、刺殺されたそうだ。それもうちの社の前でだ」

「なんてことを」

路子を、すぐに助手席の扉を開けて、セダンに走った。マシンガンを抱えたボディガードが降りて来た。たぶん大西だ。

「それ、貸して」

マシンガンはヘッケラー&コッホMP7。ドイツ製。厳密にいえばサブマシンガンだ。

男が答える前に、奪い取った。

「おいっ」

路子は銃口を空に向けた。

ドローンが旋回していた。ライトを灯しているので、下からはよく見える。上空百五十メートルあたりを飛んでいる。

東京タワーの大展望台あたりだ。射程距離としてはどうにかなる。

「弾は？」

「連射で八百五十発は撃てる。もう一丁あるぜ」

「これ一丁で充分よ」

路子は夜空に向かってトリガーを引いた。オートバイのような爆音が鳴る。真冬の夜空に稲妻がいくつも飛んだように見えた。一分ほどの掃射で、ドローンすべてを撃ち落とした。

「とりあえず、うちに来なさい」

セダンの後部ウインドーから顔を出した金田が言った。路子は頷いた。

第五章　黒闇に踊れ

1

夜更けになった。

「まさか、刑事の私が、関東泰明会の会長宅に草鞋《わらじ》を脱ぐことになるとは思わなかったわ」

素直に頭を下げた。

「なまじの隠れ家よりも、ここは治安がいい」

金田は紋付袴を脱いで、銀鼠《ぎんねず》色の着物姿になっていた。

向島《むこうじま》にある大邸宅だった。三百坪はあると思われる敷地の四方は刑務所よりも高い塀に覆われており、江戸時代の大名屋敷を思わせる和風家屋の壁はすべて防弾壁となっているとのことだ。いわば要塞だ。

庭の見える和洋折衷《せっちゅう》の座敷に通されていた。

昼間に見れば、さぞかし風流を凝らした庭なのだろうが、いまは、ところどころに置かれた灯籠の灯りが揺れて見えるだけだった。

和洋折衷の間というのは、畳の上に赤い毛氈《もうせん》が敷かれ、さらにその上に応接セットが置かれているからだ。

路子は三人掛けソファに座り、ローテーブルを挟んだ向こう側に金田が端然と座っていた。瓶ビールとグラスが二個置かれていた。路子が注いだ。

グラスを軽く合わせる。

「中央南署がすでに何者かにコントロールされていることははっきりしました。私と奈良の刑事電話にGPSを仕掛けられていたのも迂闊《うかつ》でした。お詫びします」

路子は言葉使いを改めた。

「まあまぁ、そう腐るな。人は己の都合で、身内だろうが、友人だろうが、簡単に裏切れるように出来ているんだ。わしらはその究極に身を置いているからようわかる」

金田が人懐《ひとなつ》こい眼を見せた。

「こうなったら、山村が喋れるようになる前に奪還しなければならないな。あんた警察病院の構造知っているか？」

まだ敵は見えないが、相手の意図が関東泰明会を叩き潰したいということは歴然だ。それに警察までが手を貸している。

敵は、山村と同時に藤堂も自分も爆死させたかったのだ。

「わかります。何人かは動かせる人間もおります。手引きいたしましょう」

「頼む。山村とあんたが持っているファイル、それに桃園フィルムがあれば、逆リーチを掛けられる」

金田は、人懐こい顔のまま、肝心なことを言い出した。笑顔で人を殺せる典型的なタイプだ。

「いくつか電話させて下さい」

「わしの眼の前でならOKだ。それもスピーカーホンで話すならば、だ」

「承知しました」

路子はプライベートスマホを取り出し、母親の幸代に電話した。

「あんたの電話を待っていたのよ」

「店にまだ濱野さんいるかしら？」

「いるわよ。いま大変なことになっているの。三時間ぐらい前に店の前にダイナマイトが置かれてドカンだもの」

「えっ？」

「平気よ。店の扉が焦げたぐらい。濱野さんが飛び出して、すばやく消火してくれたから」

母が平然と言う。

店が狙われたということだ。目的は書類と桃園フィルムであろう。

「なんで、すぐに報せなかったのよ」

「濱野さんが、下手に電話をしないほうがいいって。路子の位置情報が探られる可能性があるからとりあえずかかってくるまで待機しようって」

賢明な判断だ。ただし濱野の立ち位置はまだわからない。

金田ではないが、すべてを疑ってかかる必要がある。母が続けた。

「あんたいったい今回は誰と闘っているの？」

「アメリカ」

「かなり手ごわい相手ね」

「濱野さんに代わって」

濱野が署長の手先であれば、あの書類はすべて転送されているだろう。そして濱野が原本は始末してしまうはずだ。

「生きているか？」

「奈良さんが殺られたわ」

「なんだって」

濱野はまだ事実を知らないらしい。本当だろうか。

「うちを狙った相手がわかりません」

「それは、内調と泰明会の分派だ。新宿爆烈連合。それに米軍の一部が絡んでいる。警察内部にも内調の手が突っ込まれている。うちの署の上層部もたぶん弱みを握られている」

「えっ？」

「仮説だ。書類を読み込めば、その仮説に辿り着くんだ。泰明会はさまざまな形で、闇社会と政財界を動かしてきた。北朝鮮製のシャブを財源にしていたが、あらゆるところに賄《わい》賂《ろ》を贈り、ハニトラを仕掛け、表社会もコントロールしてきた。だが、そのからくりに気づいた部下と、その呪縛《じゅばく》から解かれたい連中が、この書類を奪還したいと考えたんだ。築地で本庁の車が攫われたのは、シャブと現金が目的じゃない。書類だ」

濱野は桃園フィルムについて言及してこない。その存在を知らないということだ。署長の手先ではないほうへ直感が働く。

「ちょっと待って下さい」

路子は送話口を押さえて金田のほうを見た。

「会長の勘は？」

「こいつは、シロだ」

「同感です」

刑事の勘と極道の勘でシロと出た。勝負だ。

「警察病院から山村龍介を早く連れ出さないと、危ないと思います。彼はゴールデンエンパイアで、実際に仲介役をしていた男です。自白剤を打たれたら、多くの秘密が敵に回ることになります。同時にそれが困る人間たちも動いているということです。両者は現在野合をしている状態です。幸いなことに山村はいま顎の骨が折れており喋れません。が、時間の問題です」

路子は事情を打ち明けた。

「なるほど。で、黒須はどうしたいんだ？」

「今回に関しては泰明会の本流に付きたいと思います。国家のために組める相手です」

「わかった。藤堂もそう答えたことだろう。奥の手を使ってやろう」

「奥の手って？」

「公安の同期に頼む」

「げっ」

警察の中でも、とりわけ嫌われ者の部署だ。唯一情報を共有したがらない部門だからだ。

「敵の敵は味方ってこともあるだろう。内調の最大のライバルは公安だ。協力するさ」

「組織犯罪対策課が暴力団と手を組むこともあるわけですからね。共通の敵を潰すためにはね」

「そういうことだ。俺たちの最大の情報提供者は詐欺師だ」

「今回は、それも使えるかもしれませんね」

「あぁ、新宿爆烈連合の得意なオレオレ詐欺の潰し方とかなら聞いておくよ」

「頼みます」

「俺もたぶんマトにかけられることになる。この書類はどこに隠す？」

「母に代わって下さい。相談します」

「わかった」

ふたたび母が出た。

「絶対バレない金庫を持っているお客さん知らない？」

「お安い御用よ」

「どこ？」

「銀座の津川《つがわ》貴金属店の大金庫。社長がスイング時代からの私の顧客よ。国税だって踏み込めない政治力の持ち主だけど」

「濱野さんの持っている書類をそこにお願い」

さすがに桃園フィルムのことは口に出さなかった。あのフィルムは、路子と藤堂と奈良しか知らない場所に隠してある。ふたりが逝き、知っているのは路子だけになった。

「あと、濱野さんに安全な部屋を用意してくれないかしら？」

「了解。超安全な場所にも、私の顧客がいるのよ」

「どこよ？」

「英国大使館。治外法権。お祖父ちゃんの時代からのコネなの。いまでも大使館の人たちよく来てくれるから」

米国の最大の同盟国でありながら、自分たちのほうが兄貴格であるという意識の強い英国。ある意味別格な国だ。米軍もおいそれと手が出せまい。もちろん大使館内であれば、日本の警察権も及ばない。

「それナイスだわ。お母さん、頼りになるね」

電話を切った。

金田が呆れた顔をしていた。

「あんたの母親に一度ご挨拶をしたい」

「いずれご紹介いたします。それでは、本題に」

「あぁ、桃園機関と黒須グループの確執《かくしつ》についてだよな。わしが先代から聞かされている昔ばなしを聞かせよう。一九四八年というのは三月まで社会党が政権をとっていた実に微妙な年でな」

金田が、ビールグラスを片手に、訥々《とつとつ》と語りだした。

2

一九四八年。八月。

四十六歳になったばかりの黒須次郎は米軍横田基地にいた。

「ボビー軍曹。これが日本の春画だ。版画《プリント》だが、江戸時代のものだ。参謀第二部（G2）のお偉方に渡せば、ユーも優遇されるだろう」

次郎は格納庫の隅で百枚近い春画を、広げて見せた。

　ボビー・ジュリアーノは、通信兵の立場で横田にいるが、それはカバーだ。本職は情報兵。日本のアンダーグラウンド組織の内情を探る任務についている。

「部長が見たら卒倒するだろうが、帰国予定の将校たちには格好の手土産になる。あんたのおかげで、俺はしばらく日本にいられそうだよ」

　連合国軍総司令部参謀第二部（G2）は、諜報、保安、プレスの検閲を管轄している。

　二十二歳のボビーは一等軍曹であるが、本国から持ち込んだポルノ雑誌を逆に高値で売るなどしている不良軍人である。

　気が合う相手だった。

　黒須の雇い主は、英国秘密情報部MI6である。

　日本は、現在、微妙な時期に差し掛かっている。

　連合国軍総司令部の民政局（GS）と参謀第二部の派閥争いの勝者によって、この国の形が変わる可能性があるのだ。

　日本の民主化を実現するという大命題においてはどちらも同じだが、方法論が、まったく違っていた。

　コートニー・ホイットニー准将率いる民政局は、ニューディール政策主義者が多かったために、三党連立内閣を支持している。

市場経済の立て直しを政府の介入によって行うというニューディーラーの考え方は、社会主義的な思想とも相容れるのだ。

民政局は民主党の芦田均《あしだひとし》など進歩主義者とも気脈を通じていた。何より軍国主義集団の解散、財閥解体に重きを置いているためだ。

トップのホイットニーは総司令官ダグラス・マッカーサー元帥の分身ともいわれている。

傍目には民政局優位だ。片山哲《かたやまてつ》の次は芦田均が総理になった。

一方、チャールズ・ウィロビー少将率いる参謀第二部（G2）は、反共工作に重心を置いていたために保守派の復活を目論《もくろ》んでいる。

戦前から獄中にあった大量の共産主義者の釈放にも目くじらを立てているのはもちろん、日本の警察力の復活も望んでいる。治安力を上げなければ、赤化するという恐れだ。

英国秘密情報部は、黒須に密かに参謀第二部を側面支援するように命じてきた。

日本占領に当たって、圧倒的多数の兵員を上陸させたのは米国であったが、次に多かったのが英連邦占領軍である。

英連邦軍は英国軍の他にオーストラリア、ニュージーランド、インド軍によって構成されていた。ただし司令部は東京から遠く離れた呉で、中国・四国地方を主な管轄としていた。

英国の本音は、日本なんかにかまっていられない、というところだったので、このポジションに特に不満は持っていなかった。

それよりもドイツの分割統治や、アジアの植民地の独立問題などで頭がいっぱいだというのが正直なところだ。日本の復興などは、米国に任せればいい。

だが、それでも一定の影響力は行使したいという思いはあった。日本の分割統治の件が浮かんでは消えていたこともあるが、米国以上につながりが深かった日本の一部外務官僚たちの意向を反映させる必要があったのだ。吉田茂《よしだしげる》に代表される英国派と呼ばれる連中の援護だ。

英国は、ウインストン・チャーチルのモノ真似的存在である吉田茂という人物を気に入っていたようなのだ。

吉田の復活には、ウィロビー派が権力を握ったほうが都合よかった。

「で、そっちは何が欲しい？」

ボビーは人懐こい笑いを浮かべた。

そもそもイタリア系米国人である。この大戦では、イタリア系であるというだけで太平洋戦線の最前線に送られ、あげく終戦と同時に占領地の東京勤務を命じられたのだ。

「とにかく食糧が欲しい。缶詰類が一番いい。後はウイスキーと煙草」

「OKジロー。この浮世絵と新宿のヤクザ情報との交換にトラック一台分回してやる。ただし、売り上げの二十パーセントを俺にバックだ。それと東京で商売を始めるのに都合のいい物件を探してくれ」

そろそろ除隊が近いということで、黒須はこの男に接近していた。さらなる使い道がある。

「ニューヨークには戻らないのか?」

「戻りたいとは思わないよ。それよりも日本人を相手に商売したほうが儲かる。本場のイタリア料理なんて、この国の人間はほとんど知らないだろう」

ブロンクスでマフィアの使い走りだった若者は野心に満ちた笑顔を浮かべた。

「知らないさ。日本じゃ本物の西洋料理なんて上流階級にしか縁がない。それもだいたいがフランス料理を基盤にしている」

日本人が知る西洋料理は、日本人が考えた「洋食」だ。

カレーライス。カツレツ。海老フライ。オムライス。日本人の大多数が、それらを西洋料理であると信じていたのだ。

かくいう次郎も、インドにカレーライスがないことを、イギリスに渡って初めて知ったのだ。

「スパゲッティというのを知っているか？」

「あぁ、二年前に横浜のニューグランドホテルでナポリタンというのを始めたそうだな」

次郎は空惚けて言った。ロンドンで暮らしていた頃に、パスタもピザも味わっている。

ただしその情報はボビーに渡していない。

「あんなものは、イタリアンパスタとは言えない。俺なら本物の味を提供できる。ピザは知っているか？」

「初耳だ」

また惚けた。

「イタリアでもアメリカでも、サンドイッチ代わりに食っている。間違いなく日本でブレイクする」

ボビーが得意になって言っている。

黒須もピザは当たると思った。

「なら、六本木でやるといい。麻布《あざぶ》や広尾《ひろお》には外国大使館が多い。それに龍土町《りゅうどちょう》にスターズアンドストライプスも出来た。これから六本木には外国人が増える。銀座や新宿に比べて、まだ土地は安い」

ここは本音で教えた。黒須の勘だった。自分も六本木の物件をいくつか押さえたいと思っている。いまが買い時だ。いずれ銀座並みになる。

「ＯＫ。ジロー、開業資金のために俺はあんたと組むよ。日本のヤクザのどこかとも組みたい。軍が駐留している限り、武器も流せる。俺に続きたい仲間はたくさんいるんだ。この国で『ガイジン』として生きたほうが得だと考えている下《した》っ端《ぱ》兵士たちがね」

「しばらく、外国人天国は続くさ。英語が話せるだけで、私も重宝がられている。一枚嚙ませてくれないか」

黒須はこれからは、外国人と組んでのビジネスだと思った。

「もちろんさ。こっちも日本の水先案内人を必要としている。いずれ占領が解かれても、俺はこの国で生きて行かなきゃならんからね。それにしてもジローの英語は上手い。どこで覚えた？」

「横浜だよ。港湾で荷役の仕事をしていたときに、英国船のクルーの連中から教わった」

なにもマフィアのなりそこないの米兵に、正直に答えることはなかった。

次郎は一九二三年から十年間をロンドンで過ごしている。

それは留学などという優雅なものではない。

サウサンプトンで苦力《クーリー》として働き、その後ロンドンに出たのだ。ロンドンでは、バーで働いた。オールドボンドストリートの小さなバーだった。そこでMI6の連中に声を掛けられたのだ。最初は日本語の翻訳を頼まれ、徐々に諜報員として育てられた。

もちろんそんなことはボビーに話すことではない。こいつをどう使うか腕の見せ所だった。

さっきからジャズの生演奏らしい音が聞こえていた。グレン・ミラーをやっている。『茶色の小瓶』だった。

「ボビー、あの音はなんだい？」

「基地内のホールに日本人のバンドが来ているのさ。下手だが、ないよりはマシだ」

「ほう、ボビー、次は何が欲しい？」

「日本画とか骨董品《こっとう》がいい。将校たちは日本人の魂を持って帰りたいのさ」

「わかった。由緒正しい仏像とか、水墨画を持って来てやる。こっち関係はいいのか？」

次郎は小指をあげた。女ということだ。

「それは、いま来ているバンドのエージェントが仕切っている。バンドだけじゃなくて、ダンサーということで女も運んで来るのさ。わざわざ基地から出なくてもいい」

ドキリとした。それは自分も考えていた商売だ。女を売り込むほどボロい商売はない。

「エージェントは何というのかね？」

「ジョージだよ。森本譲二さん」

今度は思わず顔を顰《しか》めそうになった。黒須は必死で堪えた。

ようやく敵と相対した思いだ。

森本譲二は戦前ロサンゼルスやサンフランシスコの在米日本人民間諜報機関「桃園機関」のリーダーだった男だ。

英国のMI6から、こいつを潰すことを命じられていたのだ。

次郎は胸の動悸を覚えたが、ボビーに悟られないように、平静を装った。

桃園機関は、京都華族の桃園誠人が資金提供をしていたこともあり、一見皇道派の手先の印象を受けるが、その実態は単なる闇商社だ。戦前から政財界及び軍部と癒着《ゆちゃく》し、闇資金の洗浄をしていた一団なのだ。

オーナーの桃園誠人自身が華族というより政商であった。

米国内における諜報活動も、日本軍のためというよりも、自分たちの闇取引をよりスムーズに進めるために、米国内の動向を探っていたとみるほうが正しい。

おそらく、日本の形勢《けいせい》が一気に不利になった一九四四年ぐらいからは、むしろ米国のために活動していたはずである。

桃園機関の手口は、極道と同様である。

政財界、軍部の手先となり、闇取引の片棒《かたぼう》を担ぐが、後にその弱味を握り恫喝《どうかつ》するのだ。そして自分たちの都合のよい利権構造を作り上げる。

この占領下の中においても、森本譲二はその語学力と米国での人脈を駆使してGHQに取り入ったことであろう。

企んでいることはだいたい想像できる。

戦後復興事業の斡旋《あっせん》に首を突っ込みたいのだ。それともうひとつ、旧日本軍の隠匿《いんとく》物資のありかを探り出そうとしているに違いない。

世に知られない、莫大な資金を密かに支配するつもりなのだ。桃園資金の設立のためだ。

横取りしてやる。

黒須は胸底で嘯《うそぶ》いた。

森本が、民政局側に付いたのは、局長のホイットニー准将が、総司令官のマッカーサーの分身と呼ばれ、日本統治の要《かなめ》となると踏んだからだろう。

勝ち組に乗ろうとするのは桃園機関の常である。

ちょうどいい。逆目に張っている。

黒須はopposition《オポジション》（反対）の立場にいた。ＭＩ６はウィロビー推《お》しだ。

まさに代理戦争となる。黒須対森本だ。

一気に勝負をかけたい。

「ボビー軍曹。ジョージの仕事を俺に回すことに協力してくれたら、あんたに店を一軒プレゼントする。もちろん当座の運転資金も含めてだ。六本木で『ボビーズピザ』でも始めたらいい」

「マジかよ」

「ジョークを言ってどうするんだ。まず彼がどんな方法でここの将校さんたちに取り入っているのか調べて欲しい。これが軍資金だ」

二百ドル渡した。車が一台買える金額だ。英国の工作資金だ。

桃園機関を乗っ取れる工作に金は惜しんでいられない。

「わかった。来週までに調べ上げておく。将校にはない下っ端の底力というのを見せてやる」

「頼みます」

黒須は、ボビーが手配した幌付き軍用トラックの荷台に乗って新橋を目指した。

トラックには関東泰明会が新橋マーケットを乗っ取るのに十分な物資が積まれている。

黒須は物資の中からワイルドターキーを取り出して、キャップに入れて飲んだ。アメリカの味がした。スコッチにはない荒々しさだ。

幌の隙間から砂埃《すなぼこり》の甲州街道を覗いた。

二十七年前のインド洋の大海原を思い出した。

英国に渡るきっかけとなったのは、英国貨物船の船長との縁からだ。

十八歳のときに、山下町《やました》で荒くれ者に囲まれていた同じ歳の英国人娘を助けたのだ。真実を言えば、横取りして自分がやってしまいたかったのだ。

三人の男たちを倒し、さぁ口説こうという段で、乗組員たちが走って来た。

娘は「この人が助けてくれたの」と涙目に語った。

正義のヒーローになった瞬間だった。

その娘の父親が英国貨物船の船長だった。

船長が苦力《クーリー》として船で働いてみないかと誘ってくれた。英国への入国許可も取ってくれるという。

人生の変わり目だった。

黒須は、野毛《のげ》の娼妓《しょうぎ》の私生児として一九〇二年（明治三十五年）に生まれた。実の父親のことは知らない。明治政府の高官だったということだが、その正体は明かされていない。

黒須という姓は、次郎を養子にした楼主のものである。母は自分を産んだ三年後に逝ってしまっている。

いずれは楼の男衆になるべく丁稚《でっち》から仕込まれたが、黒須が十五の年に焼失する。義父も逝った。証文も燃えたため生き残った娼妓たちは自由の身になり、これを機に黒須も家を捨てた。

やれる仕事と言えば、港湾労働者ぐらいしかなかった。うだつの上がらない日々が続くばかりだった。船長の誘いに、黒須は海の彼方に光明《こうみょう》を見出したのだ。

マドラスバッグひとつで貨物船に乗りインド洋を渡り、サウサンプトンに降りた。

一九二〇年、そう大正九年の五月のことだ。

辿り着いたサウサンプトンで横浜と同じ仕事をするようになった。ただ、横浜時代とは気持ちが違っていた。

働けば何かが変わるような気がした。英語を話せるようになるだけでもいずれ日本で、仕事を開けると漠然と思っていたのは事実だ。

それが現実となった。

大戦中はロンドンの英軍情報部に軟禁されたが、終戦後日本に戻ってみれば『英語屋』としてのさまざまな仕事が待っていた。

課報員を辞めても、この国でやっていける自信を得た。

まずはこの物資を捌《さば》くことだ。関東泰明会は横浜で働いてた頃から知る組だった。いまは在日アジア人たちが闇市を張る新橋への進出を目指している。手を組むには手ごろな相手だった。

夕闇の中に、焼け野原の新宿が見えてきた。大久保までの一帯が見渡せる。大木戸からこの辺りまでは軍人や学者の邸宅が並ぶ地区だったが、いまや平野だ。

黒須はふと思った。

この地が繁華街になれば、浅草以上の歓楽街になるのではないか。

日本はオールリセットされたいまがチャンスだ。なまじ中途半端な空襲しか受けなかったロンドンは建て直しが難しい。日本は建てるだけでいい。

新橋の駅前に到着すると関東泰明会の五代目親分、陸奥影夫《むつかげお》が待っていた。五十人の若衆を揃えていた。

全員総身が血に濡れていた。

「親分、物資です。売りまくって下さい」

「おぉっ、あんた本当に持って来てくれたのか。いまマーケットを乗っ取ったところだが、売るものがねぇんじゃどうしようかと思っていたところだ」

「口約束は守りますよ」

黒須は荷台から飛び降りた。若衆のひとりが声を上げた。

「親分、奴らが戻ってきました。まずいっすよ。みんな拳銃を持っています」

言い終わらないうちに、銃弾が飛んできた。若衆のひとりが倒れた。腹から血を流している。

運転席にいた米軍兵が、マシンガンを三丁投げてよこした。

「俺たちはボビーの仲間だ。勝手に発砲は出来ないが、ユーたちが勝手に使うのを俺たちは見ないことにする」

「恩に着るぜ」

「除隊後によろしくな。俺たちも東京に残る派だ」

「おぉ、バーでもナイトクラブでもやればいい。世話してやるぜ」

マシンガンを受け取った若衆たちが、在日アジア人の一団に向かって火を噴かせた。

バリバリバリと盛大な音がする。

一団はいきなりストップすると、すぐに退いた。

「これだけ武器が揃っているとなれば、もうこの陣地は諦めるだろう」

五代目が言った。

3

翌週ボビーが銀座にやって来た。

日比谷のアーニー・パイル劇場の前で待ち合わせ、四丁目のポストエクスチェンジ（PX）に連れていってくれた。

服部《はっとり》時計店を接収したものだ。ここには酒も煙草も缶詰も、衣類も豊富にあった。

黒須が訊く前にボビーが言った。

「ジョージ森本についてわかったぜ。リクリエーション担当の将校とぴったり癒着している。ダンサーという名の娼婦を基地内に入れて、劇場のシートで堂々とやらせている。乱交《オージー》だよ。将校たちを一列に座らせて、女たちが順に跨っていくんだ。ひとりの女が五分ぐらい。『ハナビラカイテン』というんだそうだ。その間バンドはずっと演奏している」

なんとも退廃《たいはい》的なプレイの様子が浮かぶ。

「さぞかしドル札が乱れ飛んでいるんだろうな」

この国において、いまや円など、どうでもいい紙幣だ。ドルだ。物資の調達にもドルが物を言う。

「いや、将校だってそんなにドル札を持っているわけじゃない。我々はビジネスマンじゃないんだ、給料日《ペイデー》に決まった量の札を渡されるだけだ。毎週のように行われるハナビラカイテンに料金が払えるわけじゃない」

ボビーがニヤニヤしながら煙草コーナーの前で、顎をしゃくった。好きなものを選べということらしい。

「ラッキーストライクが気に入っている」

「ワンカートンやるよ」

ボビーが店員に指を立て、一ドル札を渡した。

「ありがたい」

黒須はラッキーストライクの十箱入りカートンを小脇に抱えて礼を言った。

こういった貴重品を外務省や大蔵省の役人たちに配ると、なにかと便宜《べんぎ》を図ってもらえるのだ。とくに警察には効いた。

ありがたかった。

役人への賄賂は、いずれ役に立つ。黒須はそう考えている。

連合国側は間接統治のスタイルをとっていた。

つまりはいずれ日本の独立を認めるということだ。したがっていまのうちの政界や官界に食い込んでおけば、独立後の新規の利権に食い込める。

黒須はそう踏んで、コツコツとこれはと思う政治家や官僚にコネをつけていたのだ。

民間人の中にも、目端《めはし》の利く者を見つけては、ひそかに資金を提供していた。

見様見真似で作ったホットドッグやハンバーガーやありあわせの紙と竹で和傘を作り「浪人傘《サムライアンブレラ》」と称して米兵に売る者。突然、身分を剝奪された旧華族の土地を買い漁る者。闇米を買い占める者。

さまざまだ。

一癖も二癖もある男たちだったが、そんな連中の中から、いずれ巨万の富を築く人間が現れるような気がしてならなかった。

混乱期こそ、成り上がるチャンスだからだ。

「ドルの代わりに、物資を渡していたのか？」

「まぁ、物資だが」

ボビーはウイスキーコーナーへ向かいながら歩く。周囲に日本人の姿はなかった。

「酒で渡していたってことか？」

「違う。コナだ」

ボビーが突如、日本語で言った。コナの意味がわからない。

「コナ？」

「シロいコナだ」

たどたどしい日本語だ。

理解するのにしばらく時間がかかったが、黒須は合点がいった。背広のサイドポケットから手帳を取り出し、ペンを走らせた。

【Stimulant《スティミュラント》（覚醒剤）？】

「イエス」

小さな声で言って、そのメモを破り捨てた。

「どういうシステムになっている？」

「コーヒーを飲みに行こう」

「わかった」

ふたりで銀座通りに出た。左右に露店が並ぶ。

ぶらぶら歩きながら話した。

「粉はコロンビア経由の輸送船でやってくる。コーヒーの袋の中に混ぜてある。最初横須賀に入り、そこから横田に輸送機で持ってくる。コロンビアのコナ。ハワイのコナとは違う。あれは本当のコーヒーだ」

「この際、ジョークは省略して喋ってくれないか」

「すまない。つまりそういうルートが確立されているということだ。戦争中から前線の兵士には、内緒で覚醒剤が配られていた。日本兵怖かったからね。なにせ体当たりしてくるから。そのために、覚醒剤は必要悪だった」

「それは日本軍も同じだ。夜間に目視警戒を続けられるように、ヒロポンを打っていたという」

「なるほどね」

　戦前からある喫茶店を見つけた。ふたりで入った。

　日本人客しかいないと見て、ボビーは語りだした。

「要するに一部の将校は、そのルートをいまだに確保していて、この国でキャッシュに変えているということだ。もちろん表立っては出来ない。MPの眼だって光っている。そこでジョージ森本が役立っている。やつはリクリエーション代金をコナで受け取っている。キャッシュを貰ったことにして、レシートにサインしている。そのキャッシュは、将校の懐の中だ。女はただで抱いている」

　ボビーが一気に喋った。瞳をギラギラと輝かせている。

「基地の中での取引だ。日本の警察権は及ばない。どうにでもなるな」

「バンドマンというのがミソだ」

マグカップに入った濃いコーヒーを飲みながら、ボビーが片目をつぶった。

「どういうことだ？」

「楽器ケースの中にドラッグを隠す。実は楽器は、すべてホールに置いたままなんだ。ケースはすべて空で持ってくる。そこにぎっしり白い粉を詰め込んで帰るのさ。とくにベースとドラムのケースは容量がある。将校の連中は、ただで女の穴に突っこんだあげく、毎回莫大な金を軍の金庫から盗んでいるという寸法だ」

「その利権、横取りすれば」

「日本のアンダーグラウンドに君臨出来るだろうさ」

「ボビー、ピザ屋をやっている場合じゃなくなるな」

「ピザ屋はやるよ。やりながら、ニューヨークの代理人になる。面白いのは興行だ」

「興行？」

「あぁ、先週ジローと話した後に、俺なりに考えた。ピザは俺の趣味の店にするが、アメリカのエンターテインメントを日本に入れる仕事をすれば、きっと儲かる。ジローが日本の胴元になる。俺がニューヨークのファミリーを動かす。それでＯＫだ」

「乗っ取ろうぜ」

黒須は膝が震えるのを抑えられなかった。でかい勝負になる。

単純に桃園機関の利権を奪うだけではなく、自分自身も闇のトップに躍り出ることが出来る。

「やり方は簡単だ。ジョージの一派を潰して、ジローが代わりを務めればいい。リクリエーション部の将校は、粉を代金の代わりに欲しいものが手に入れば、相手は誰でもかまわない」

「女の他に、将校さんたちが欲しいものは何かね？」

「参謀二部の連中と同じさ。日本の秘宝だ」

「大仏でも名画でも、探し出してやる。何なら、富士山を買わないかね？」

「売っているのか？」

「売ってはいない。だが、登記簿謄本は偽造出来る」

「それは俺が買う。いずれアラブの王様にでも売るさ」

「ユーなら、ただで作ってやるよ。日本政府の譲渡書類なんてお安い御用だ」

黒須は畳みかけた。

「あんた最高のフレンドだ」

「森本譲二のアジトはわかるかね？」

黒須は喉を鳴らしながら訊いた。

「こう見えても情報兵だ。調べてある。麻布市兵衛《いちべえ》町の接収ハウスだ」

ボビーがテーブルの上に、地図とハウスの写真を置いた。このあたりも大半が焼けたようだが、いくつかの洋館が残っていたと見える。

「伯爵だった人の家らしい。接収したが民政局（GS）の幹部がうまく調整してジョージの一味を住まわせているようだ。GSというのが気に入らない。参謀二部（G2）の上にも許可をとってある。日本人同士で片をつけてくれればありがたい」

「泰明会と組んでやるが、殺《や》ったあとの逃亡の手助けを頼みたい」

「行き帰りは、俺たちが護衛する。手を下すのがそっちなら、問題ない。私は通りがかりの友人だ」

ボビーがケントを咥え、ジッポーで火を付けた。

「ベリーグッド」

4

月のない夜を狙った。

ボビーの運転する軍用トラックが闇夜に紛れて、道源寺《どうげんじ》坂を昇った。幌の被った荷台には二十人の関東泰明会の組員が乗っている。

麻布界隈はかつては高級邸宅街だったと聞くが、一九四五年三月十日の大空襲で大半が焼失している。三年経ったいまもまだ瓦礫《がれき》の山が方々に残り、更地にはバラック建ての家がぽつぽつとあった。それらの家にも灯りは少ない。

午後八時だというのに、そこらは暗闇であった。

トラックのヘッドライトを頼りに、かつて有名な作家の洋館があった前を通り過ぎると、忽然と洋館が見えてきた。車寄せのある石造りのドイツ風建築である。

外塀は崩れていた。その崩れたコンクリート塀の脇に、急拵《きゅうごしら》えと思える電柱が建っている。この邸にだけ電気を配るために建てられたようであった。

窓ガラスが赤々と見えるのは、そのせいだ。

ボビーがヘッドライトを消した。邸の二百メートルほど手前に止める。

「目標がはっきり見える。ここでいいだろう」

「問題ない。二十分で始末する。待っていてくれ」

黒須が答えた。

「必ずサイレンサーを使ってくれ」

ボビーに念を押された。MPに駆け付けられても困る。

「もちろんだ」

黒須はトラックを飛び降りた。ライトをベルトで巻き付けたヘルメットを被っていた。荷台から降りて来た組員たちも同じものを被っている。関東泰明会の印半纏《しるしばんてん》は着てきていない。ズボンにダボシャツ。全員、その上から払い下げの革ジャンパーを着ていた。足元は地下足袋《じかたび》だ。靴よりも音がしない。ライトはまだ誰も点灯していなかった。

二十人全員が、気合を入れるために荷台で日本酒を呷《あお》っていた。吐く息が酒臭い。

最前列の四人が梯子《はしご》を持っていた。

「行けっ」

黒須が号令をかけた。

まず梯子を持った四人が、音もなく走った。ひとりが電信柱に、残りの三人は邸の裏手に回った。

二階から忍び込むのだ。

電信柱に上ったひとりがヘルメットのライトを二回点滅させた。

黒須は握っていた懐中電灯を一度しか点滅させなかった。ステイだ。十秒ほどして、邸の裏側の三か所からライトが二回点滅するのが見えた。窓の前に辿り着いた報せだ。

黒須は、懐中電灯を点灯させ、腕を大きく回した。

電線に火花が散る。刈込《かりこ》み鋏《ばさみ》で線を切ったのだ。

邸の窓が突如暗転した。

黒須が先頭を切って走った。車寄せのある正面扉には向かわない。脇のガラス窓に向かった。サイレンサー付きのS&W《スミスアンドウエッソン》から一発撃つ。黒闇にオレンジ色の銃口炎《マズルフラッシュ》が舞った。

ガラスの砕ける音だけがした。

同じ音が、二階からも響いた。

「なんだ。おいっ、カチコミじゃねぇのか」

中から声がした。森本の声らしい。

「まさか。ここは占領軍の接収ハウスですよ。ただの停電ですよ」

手下らしい男の声がする。

「ガラスが割れたんじゃないか？　おい、蠟燭《ろうそく》を持って来いよ」

森本が声を荒らげている。

黒須は、その間に窓に近づき、穴の空いた部分から手を差し入れフック式の鍵を起こした。静かに窓を開ける。

一気に人間がなだれ込める空間を確保出来た。

　森本たちはこの窓の先のリビングにいるはずだが暗くてよく見えない。

　黒須は間合いを取った。ヘルメットの中で汗が噴き上げていた。残った組員たちは二手に分けてある。半数が黒須の背中にいる。拳銃の他に日本刀や匕首を持っている。残りの八人は正面玄関前に伏せていた。開いたとたんに突っこむ。

「客人、まだですか?」

　若頭が焦《じ》れた声を上げた。黒須は答えず待った。夜空に灰色の雲が流れていた。

　それからすぐに正面にライトの灯りが三点見えた。上から忍び込んだ組員が階段を降りてきたようだ。

「なんだっ、誰だ」

　森本の手下が吠えた。

「行くぞっ」

　黒須は飛び込んだ。真っ暗闇だ。着地してすぐにヘルメットライトを点ける。リビングを想定して飛び込んだその部屋は、まるで司令官の執務室のような部屋だった。

　大きな木製机に高い背もたれの付いた椅子があった。

　机の上にはドイツ製のムービーカメラが置いてある。ボレックスだ。

その向こう側にソファがあった。部屋の中央だ。

「なんだ、なんだ。ここを桃園のオフィスだと知っての襲撃か！」

揺れるヘルメットライトがその声の主を照らした。手庇を翳《かざ》した森本譲二の歪んだ顔が見えた。ワイシャツ姿だ。手にブローニングを握っている。

数人の男たちもそこに固まっていた。ちょうどひとりが蠟燭に火を点けたところらしい。

相手も火を翳してきた。

黒須は躊躇《ちゅうちょ》せずにトリガーを引いた。無音でオレンジ色の炎が上がる。空気が縺《もつ》れた。

「うっ」

声を上げたのは森本ではなかった。黒い背広を着た恰幅《かっぷく》の良い男が森本の前に飛び出していた。手下のひとりだ。身代わりだ。

「くそっ」

森本が三人掛けソファの背後に飛び退き、背もたれを盾にブローニングをぶっ放してきた。銃声が鳴った。

一緒にいた男たちが部屋の四方に飛び散る。五人だ。他にもいる可能性がある。

何発も銃の音が鳴っては困る。

関東泰明会の組員たちが、他のメンバーに向けて発砲した。こちらは全員無音だ。

次々倒れる音がした。

「すべての部屋を改めろっ」

黒須は叫んだ。

「押忍《おす》っ」

組員たちが広い屋敷内に散った。

正面玄関の鍵も開けられたようで、別動隊八人が雪崩《なだ》れ込んでくる足音がした。

黒須は床を這いながら森本に迫った。ヘルメットのライトは消した。

闇の中で、徐々に間合いを詰めていく。

森本の隠れるソファの斜め前方一メートルまで接近した。ソファの裏から微かにコニャックの匂いがした。酒盛りをしていたようだ。

黒須は天井の上に向かって発砲した。さっきまで輝いていたはずのシャンデリアが降って来た。

「わっ」

森本がソファの横から飛び出してきた。寝転がったままだ。暗闇に顔が見えた。鋭い眼光だった。至近距離での鉢合わせだった。森本がブローニングを持ち上げようとしていた。黒須のほうが早かった。パッと目の前で閃光が輝き、森本の額から血飛沫《ちしぶき》が上がった。

「うわっ」

黒須は立ち上がり、ヘルメットライトと懐中電灯で部屋中を照らした。

応接セットのローテーブルにブランデーの瓶とグラス、それにチーズとクラッカーを盛った銀盆が散乱している以外は、見事に整った部屋だった。

四方の壁を照らしていくと、カメラ用の三脚が立てられており、照明用と思われるライトが転がっていた。

「自分たちの記録映画でも撮っていたのか」

だとすれば桃園機関はナルシストの集まりだが、悪人にはそういう輩も多い。

黒須は、木製の巨大な机の抽斗《ひきだし》を開けた。

十六ミリフィルムを収めた缶がいくつも出て来た。

「ユーたちの記録は、後でゆっくり見てやる」

傍にあった風呂敷で黒須はすべての缶を包んだ。

「黒須の旦那。こいつらは桃園機関の人間じゃないと言っていますが」

関東泰明会の組員たちが、ふたりの男女を連行してきた。背中から拳銃をつきつけて、ホールドアップさせている。男はランニングシャツにステテコ。女はシュミーズ姿だった。

「ベーシストと女優の卵だそうですよ」

若い男女だった。ふたりとも蒼ざめている。

「他にも拳銃やドスを持った人間はいたんですが、みな撃ち殺しました。ただこのふたりは、この格好で手を挙げていたので、堅気《かたぎ》かなと」

若頭が言った。

「名前は？」

黒須が聞いた。

「安本隆平です」

先に男が答えた。

「いい根性しているじゃないか。勃起している」

安本のステテコの股間を銃口で指した。

「違います。一時間前に薬物を打たれて、こうなったんです」

「ほう。あんたは？」

女に名乗るように促した。

「北川君子《きみこ》といいます」

「あんたは濡れていないのか？」

興味本位で聞いた。

「こんなふうに」

君子が、シュミーズの前を捲って見せた。

白いパンツを穿《は》いている。股布に大きな染みが浮いていた。君子の目は蕩《とろ》けていた。

5

「北川君子が後の北条君枝だよ」

金田は手酌でビールをグラスに注ぎながら目を細めた。遠い過去からようやく現代に戻って来たという感じだ。

「それがあの桃園フィルム？」

「そういうことだ」

「民政局の幹部たちへの手土産用ということですか？」

「それだけじゃなかったんだ」

「占領軍の幹部たちそのもののエロ映画も撮っていたのさ。あんたが見た物は、黒須次郎さんが、編集して顔の部分を切っているが、北条君枝が舐めていたのは、民政局の幹部だ。安本と松田がふたりがかりで攻めていたのは、将校の本物の女房だ。いずれもシャブを炙った部屋に連れ込みシャブの炙った匂いをかがせて飛ばせたんだ。それを聞いて、うちの山根も同じ手を使った」

「と言いますと？」

「男はチャールズと言っていましたが、参謀二部のウィロビー少将では？」

「それは違う。民政局にもチャールズという人間は数人いた。森本がハメたのはそのひとりだが、黒須さんは顔を見えなくすることによって、どうとでもとれるものにしたんだ。その時々で自分が脅せるようにね」

「うちの祖父さん。ワルだったんですね」

路子は思わず、笑った。

「その血はあんたにも流れておるだろう。七十年の歳月を経て、われわれはまた手を組むことになった」

確かにそう思う。因果は巡るだ。

「しかし、それでなんでいまさら米軍が出て来たんでしょう」

路子は、核心に迫った。

「うちのシャブはそもそも現在でも米軍から流れているんだよ。海保の一部も絡んでいる」

「えっ？」

さすがに驚いた。肝が潰れそうだ。

「黒須次郎さんが、仕掛けた罠は延々続いていたのさ」

「歴代司令官を脅していたんですか？」

「それも違う。もはやトップは関わっていない」

「ならどうして？」

「ボビールートだよ」

「きちんと教えていただけませんか」

路子は、金田にビールを注いだ。ボビー・ジュリアーノはそののち、六本木にピザハウス「ボビーズ」を開業、同時に「ボビーエンタープライズ」を起こして外国人プロレスラーの招聘元になったことで知られる。十年ほど前に死んだはずだ。

「ボビーは来日米兵の中に必ず交じっているマフィア系の人間の日本での窓口ともなった。ボビーは彼らにシャブを調達させ続けたんだ。もちろんきちんと報酬も払った。あんたの祖父さんはボビーなら必ずそうすると読んでいた。この利権を引き継ぐ者は必ず現れるとね。日本での販売元は関東泰明会で一本化しているから、信義は守られているのさ」

「どうやって基地から持ち出していたんですか」

「簡単だよ。ヘリコプターで六本木まで持ってくる。あとはインペリアルステート勝鬨に住んでいるボビーのかつての子分たちが分けて持ち去る。十人もいるから小分けで済む」

「ボビーの末裔たちがインペリアルステート勝鬨の住人になっていると？」

「そうだ。あのマンションに外資系商社や投資銀行に勤めているイタリア系白人がずいぶんいることまで気が付かなかったろう」

「はい。気が付きませんでした」

路子は正直に答えた。そこは気が付かなかった。住人同士なら、マンション内でいくらでも取引が出来る。にしても……。

「廊下にも、ホールにも防犯カメラがありますが。そこは気にしなかったんですか」

刑事として腑に落ちない部分を訊いた。

「山根の部屋の左右と真下の部屋は、繋がっていたんだよ。下は五フロア連続して天井と床を繋げていた。そうやってブツを山根の部屋に集めていた。隠し部屋を作っていたのを知ったとき、そこまで調べるべきだったね。もはやもぬけの殻だが」

「では、今回はその仲間割れ？」

「まぁそうだが新宿爆烈連合の南原と、ボビーの孫が歌舞伎町でつるんだ。というのが答えだ」

「ボビーの孫とはどんな人物ですか？」

南原はマークしていた。だがボビーの孫というのは存在すら知らない。

「極道にも半グレにもなっていないので、そっちのリストにはないと思う」

そこで、金田はふたたびグラスのビールを飲み干した。葉巻を手に取る。

「ボビーの情婦だった山中聡子《やまなかさとこ》という女との間に生まれたイタリアンハーフがいる。男の子だった。この親子は、ボビーの計らいで、グアムで暮らすことになる。前田悠斗《まえだゆうと》という。生きていれば六十歳ぐらいだ」

「亡くなったんですか？」

「あぁ、グアムでは観光客相手の射撃場を経営していたんだがね、五年前に帰国したときに、心筋梗塞で死んだ」

「その男にも子供がいたと」

「あぁ、前田悠斗がグアムに観光に来た日本人キャバ嬢に産ませた子がいる。健人《けんと》という。クォーターということになる。南原と同じで二十八ぐらいだと思う。いまは歌舞伎町のホストだ。ケントと名乗っている。五年前に南原と出会った。売り掛けの回収を南原に依頼したんでね。ケントは母親から、ボビーの伝説を聞いていたらしい」

いよいよさまざまなことが見えてきた。

セピア色の陽炎《かげろう》のようにしか見えていなかったスクリーンに、いまくっきりと事件の姿が浮かび上がってこようとしているようだ。

「つまり、そのケントと南原がつるんで、新たな乗っ取りを企んだというところだろう。ところがそんな動きをしたので、警察の捜査網にひっかかった。そうじゃないのかね」

金田が答え合わせを求める眼をした。

こちらも手の内を明かさなければなるまい。

「はい。私が、あのマンションが怪しいと踏んだのは、新宿爆烈連合の手下の半グレたちが勝鬨付近をうろつき始めたからです。これはシャブの隠し場所があるなと直感しました」

正直に教えた。

「だろ」

と金田が頷いた。

その眼が、だから「ガキは頭が悪い」と言っていた。

「クレーンも十トントラックも爆烈連合の手口ですか？」

「いや、南原もわしらに面の割れている手下を使うはずがない。在日米軍の日本人協力者だろう」

路子は、大きく息を吐いた。金田が続けた。

「米軍だってバカじゃないよ。ずっと張っていたんだ。だからあんたらが踏み込んだ日もどこからか見ていた。ヤバイと思ったんだろうね。とくに桃園フィルムは米軍の恥に繋がる。さらに言えば内調もそのことは張っていた、ケントと南原はアホ過ぎたんだ。わしらが七十年の間、上手く米軍とつるんできたことを、乗っ取ろうとするから、とんでもないことになった」

「それで私たち、桃園フィルムを見た人間をすべて殺そうと」

「そういうことだ。桃園フィルムとそれにまつわる書類が消えてしまったら、米軍も内調というか、政権の中枢にいる人間たちも、いったんリセットすることが出来る」

新しい裏秩序を自分たちの手で作り上げることが出来るということだ。

ロシアや中国と組みたい政治家や官僚も大勢いる。米国もいったん関東泰明会との関係を見直すことも出来る。華僑マフィアや半島マフィアと組んだほうが得ということもある。

踏みとどまっている理由は、七十年前のエロフィルムの真の顔が露見したらまずいということだけだ。

路子はふと思った。

ひょっとして、本当は総司令官や民政局長、それに参謀第二部の部長のセックスフィルムも存在していたのではないか。さらにいえばその妻たちの淫蕩《いんとう》な姿も。

路子は背筋が凍るのを感じた。米国にしてみれば、永久に世に出してはならないフィルムということになる。自分も殺されるかもしれない。

日本政府としても、安本隆平だけでもまずい。芸能界としては北条君枝だけでもまずい。世間が知ることとなれば、一部が全部として拡散されるからだ。国会議員の過半数が世襲議員だ。

路子の心情を察したように言った。

「内調も、米軍も、まだ顔の映っているフィルムが残っていると信じているということだ。だからあんたの自宅まで押しかけているのだろう」

「私、それはマジ知らないっ」

路子はかぶりを振った。

「あんたを信じるよ。黒須次郎さんは、未来に危険を残すような真似はしなかったと思う」

「どうすれば？」

「フィルムがあると脅すんだよ。内調にも米国にもね。その間にボビーの孫と南原を始末してしまい、元のさやに納める。それがわしの描いている絵だ」

金田が、ぎょろりと眼を剝いた。

「乗りましょう。ただし一つ条件があります。中央南署の署長は許せませんね」

「それも含めて、削除してしまおう」

金田がまた訥々《とつとつ》と具体的な案を喋り始めた。

芸能界をも巻き込んだ、面白い罠《わな》だった。ヤクザは、本当に犯罪企画のプロフェッショナルだ。前例主義の役人の盲点がつかれることがよくわかった。

話を聞き終えて、路子はため息をついた。

「南原とケントを追い詰めれば、永田町の黒幕も見えてくるさ」

「ケントをおびき出す方法はありますか？　ホストクラブに客で行くにはリスクがありすぎます」

「俳優の松田陽平を人質に取るのがよかろう。ご存知の通り祖父は松田雅人。昭和のスターだが、衆議院議員だった安本隆平と共に桃園フィルムでは将校夫人と思しき女を慰めていた男の孫ということになる」

「そちらの庇護《ひご》にあったのでは？」

「安本家も松田家も、七十年間、関東泰明会がお守りをしてきた。だがその孫たちもゴールデンエンパイアが爆破された日に攫われた。ケントと南原の手口だ。いつのまにかうちの利権である韓国芸能界にケントは首を突っ込んでいた。迂闊《うかつ》だった。手引きしたのはすべて南原だ」

「なるほど」

路子はそこで膝を崩した。

「刑事とはいえ、会長のお屋敷に草鞋《わらじ》を脱いだかっこうになりました。これから手を合わせて仕事もしなければなりません。せめてものお返しに、一発ぐらい挿し込んでもらいましょう。ここに入ったときから、腹は括《くく》ってあります」

路子は黒ジャケットの前ボタンを外した。スカートの脇ファスナーも外す。とたんに金田の顔が強張った。

「アホ抜かせ。ここはわしの本宅だ。おっかねぇ女房がいるんだ。服なんか脱ぐんじゃねぇ」

額に皺を作った顔で、一喝《いっかつ》された。そして高らかに笑った。

金田とは、とことん肝の大きな男らしい。
路子は感服した。

第六章　フェイクトラップ

1

「松田陽平なら、知っている。何度か共演したこともある」

サングラスをかけたままの草凪雅彦が、眼前に広がる滑走路を眺めながら言った。羽田空港第一ターミナル。那覇《なは》行きの搭乗ゲート前の待合席。

路子は他人を装って、すぐ隣に座っていた。

「いまここで、連絡して」

草凪にメモを渡した。松田と話すための台本だ。

しばらくメモに目を通していた草凪が、おもむろにスマホを取りだした。タップしている。

「よぉ、陽平。元気にしているか。あぁ？　またKアイドルを食ったのかよ。あいつらって、まるでサイボーグだろう。へぇ、そういうのが好きなんだ」

台本の世間話から入るようにという指示を忠実に演じているようだ。

路子は遠くの空を眺めた。国際便が一機、飛び立っていった。

「実はさ、俺の事務所の社長が陽平に相談があるんだそうだ」

草凪がいよいよ本題に入った。路子は聞き耳を立てた。草凪の事務所の社長は業界の実力者のひとりだ。

「あぁ、引き抜きとか、そんなんじゃないんだ。もしそうだったとしたら俺が阻止しているさ。同じ事務所に俺を食うやつが来て欲しくないからな。実は、いまから話すことも俺としては、気が進まないんだ。うちの社長の依頼事は断ってくれよ」

路子はドキリとした。予定にないセリフだ。このふたりだけに通じる符牒で話しているのではないか。先に「断れ」と入れてあるのはどういうことか。

路子は草凪を睨んだ。軽くウインクで返された。任せておけよ、という表情だ。

「うちの社長がNGNアメリカの新作『バッドレイン』の日本人役に、俺を売り込んでいたんだけど、先週ロスからやって来た代理人が、ヨーヘイ・マツダがいいと抜かしたんだってよ」

しばらく間があった。NGNアメリカは、ハリウッドの老舗《しにせ》映画会社のひとつだ。草凪が続けた。

「おい陽平、調子こくなよ。あくまでも候補のひとりだ。で、うちの社長が『バッドレイン』の日本でのキャスティング権を握っているんだ。あぁ、正式な代理人になっている。だからお前の事務所が動いてもだめだ」

また松田が何か言っているようだ。

「俺としては、おまえにこの話を内々に繋がないわけにはいかない。なに社長命令だからな。でも陽平、断れ。断らなきゃ、おまえのシャブの件とか、Kアイドルとの乱交の件とか全部バラすからな」

全然シナリオ通りに喋っていない。路子は草凪の肩を突いた。草凪が指で丸を作った。意味がわからない。

「……だろ。だから今回は俺の顔を立てて、NGNアメリカのエージェントに会ってくれるだけでいい。それで断ってくれさえすればいいんだ。そうすればまた俺の名前が浮上する。心配するなよ。オグリやアヤノに声がかかることはない。すでにスーパースターになっている連中は、今回パスなんだ」

松田が何か言っていた。

「ＯＫだ。俺がメインで決定したら、必ず陽平にもサブを回させる。ハリウッドのカメラの前でガチンコ勝負するのは自由さ。おまえが俺を食ってもいい」

草凪の耳もとのスマホから松田が「了解」と言ったのが微かに聞こえた。

「じゃぁ、ここからはそっちの事務所にも内密に動いてくれよ。時間はちょっと待て」

草凪はそう言うと、スマホを耳から外し、膝の上に置き、しばし間を置いた。再び取り上げる。メモを確認している。

「いま、エージェントに確認した。明日の午後七時。おまえ自分のベンツを六本木のミッドタウンの前につけて待っていろ。米倉涼子さんによく似たエージェントが、後部ドアをノックするから、ロックを外せ。乗り込んだら走れ。大丈夫だ。『ゴッドファーザー』でも『アウトレイジ』でもないんだから、いきなり後ろから拳銃を突きつけられることはない。ステアリングを握っているのは陽平だ。好きな方向に走りながら話を聞けばいい。終わったら好きなところで降ろせ」

米倉涼子似と言われて、満更でもない気分に浸っていたところで、草凪は電話を切った。

「芸能人なんて猜疑心《さいぎしん》と嫉妬の塊《かたまり》なんだ。上手い話で誘っても疑うだけだ。必ず裏を取るために、自分の社長に連絡する。そしたらうちの社長に電話が入ってバレる。芸能界の事務所同士はある意味結託しているからな。逆に俳優やタレント同士は事務所に内緒で、危ない橋も渡っている。シャブとか女とかさ。お互いに弱みを握り合っている。陽平は明日必ず、事務所に内緒で来るよ。それであんたと交渉するはずだ。自分がメインでは入れないかってね」

「完璧な演技だわ。あんた刑事にもなれる」

「こうやって一生こき使われるのか？」

「まぁね。ハリウッドスターにもＣＩＡのスパイはたくさんいるわ」

「マジかよ」

「それは嘘じゃない」

「他は嘘かよ？」

「警察も芸能界と同じで虚実入りまじった業界なのよ」

「ほんとかよ」

「ほんとうよ」

すでに那覇行き航空機の搭乗が開始されていた。長い列が出来ている。路子と草凪は最後尾に並んだ。

「那覇に到着したらすぐに国際線に回るのよ」

「わかっている。香港行きに空席がある」

「飛び乗りとはいいアイディアね」

「パスポートは常に携帯しているさ。いつでも海外ロケの穴埋めが出来るようにな」

「俳優は使えるわね」

「どれぐらい、出国していればいい？」

草凪がスマホのカレンダーを覗き込んでいる。

「三日で片づけるつもりだけど、まぁ、一週間は外にいたほうが安全かも」

「幸い年内のスケジュールはガラガラだ」

スマホをしまい込みながら言う。

「くれぐれもアメリカには近づかないでね。ＣＩＡがあなたを人質に取ろうとするかもしれないから」

「それは香港でもヤバイだろう。一番安全なのはどこだよ？」

「そりゃ、モスクワね」

「わかった。香港からすぐにモスクワへ飛ぶ」

草凪は、ありえないというように顔を二、三度、横に振った。

「費用はあなたの口座に既に振り込んであるわ。航空機やホテルではカードは使わず、キャッシュで払って」

「わかった」

搭乗カウンターに近づいた。

草凪が「じゃぁ」と言って機内へ続く通路へと進んだ直後、路子は大げさに「しまった」と叫んだ。

搭乗口の案内係の女性の元に駆け寄る。

「ごめんなさい。私、家に忘れ物しちゃったから、キャンセルにします」

チケットを差し出す。

「わかりました。お預けのお荷物は？」

明るい声だが、チケットナンバーをじっと見ている。

「ほんの少しお待ちください」

カウンターの脇にある電話機を取り上げ、キャンセルになったことを伝えている。チケットナンバーを読んでいる。十秒ほど間があった。

「たしかにお預かりの荷物はないようです。チケットは振替可能です。もちろん返金にも応じます」

笑顔で言われた。置き荷物テロの予防のための確認だったようだ。爆弾だけを機内に入れて立ち去られたらヤバイということだ。

「直前でごめんなさいね」

すぐに踵を返そうとした。美人の係員に制された。

「私どもの係員が到着口へご案内します」

要するに空港内を勝手にうろつくな、しかも逆走するな、ということらしい。路子は保安要員に付き添われて、到着ロビーへと出た。

第一ターミナルの到着口に、黒のセダンが待機していた。関東泰明会の幹部用車両だ。路子は後部扉を開け勝手に乗り込んだ。

「ご苦労さまです」

スキンヘッドの運転手が、ルームミラー越しに目で挨拶を返してきた。

「ありがとう。英国大使館に行ってちょうだい」

「へい」

車はすぐに首都高へと上がった。曇天《どんてん》の空に飛び立っていく航空機の後ろ姿が見えた。

「スマホある？」

路子はスキンヘッドに聞いた。ＧＰＳを仕込まれていた刑事電話《ポリスモード》は調布の撮影所で叩き割っている。個人用スマホにも手が回っていると考えたほうがいい。路子は金田の屋敷に世話になった一昨日から個人用スマホの電源も切っていた。

どれだけ伝言が溜まっているか知れないが、一切アクセスしていない。

「へい、ここに」

スキンヘッドが、助手席に手を伸ばし、長方形の盆を取り上げた。十基ほどのスマホが載っている。

「すべて、足のつかないプリペイドで」

「ありがとう」

一番目立っていたピンク色のスマホを取った。ヤクザは役に立つ。

指が覚えている番号をタップした。簡単だ。局番に続く四桁は０１１０だ。

「はい、中央南署」

警務課の女性の声だ。

「組対の黒須路子です。岸部署長をお願いします。緊急です」

「く、黒須巡査部長っ。お待ちを」

久しぶりに階級で呼ばれた。

保留用の電子メロディが流れ、五秒ほどで甲高い声がした。

「黒須、おまえ生きているのか」

声が裏返っていた。

「辛うじて、生きていますが、恥ずかしながら拉致されました。これは命令されて電話しています」

ぼそぼそとした声で喋った。

「どこにいる?」

「わかりません。裸にされて、電話機だけを持たされています。周りにいるのは外国人です」

「外国人だとっ」

岸部の声を聞きながら、ルームミラー越しにスキンヘッド男に目配せした。スキンヘッドは頷き、スピードを上げた。逆探知防止だ。

「はい。調布の大活撮影所で署長の電話を受けた直後に、頭を後ろから殴られ、そこで記憶をなくしました」

「なんだとっ」

さぞかし動転していることだろう。報告では、逃亡されたとなっているはずだ。

「助けてくれとは言いません。容疑者の検挙をっ、あっ、うぅううううう」

ひとりで唸ってスマホを切った。

スキンヘッドの男は、表情を変えずにステアリングを握っていた。

もしも運転しているのが藤堂だったら、路子がスマホを切った途端に笑い出すだろう。

ヤクザのほうが感情のコントロールに長《た》けているようだ。

車はレインボーブリッジを渡り、芝浦に入ろうとしていた。

あちこちに建設中のビルが見えた。

二〇二〇年の東京オリンピックまではとにかく建設ラッシュらしい。

バブルの興奮とその後の崩壊を目にした老人たちは、オリンピック、パラリンピックの閉会後、景気は一気に後退すると読んでいる。

その前までに、やれる仕事はすべてやってしまおうという魂胆《こんたん》だ。

路子の眸には、東京そのものが、焦っているようにしか見えない。

ただし建設現場が多数あることは、ありがたい。

「ナイススポットだらけだわ」

路子はひとりごちだ。

車は霞が関で降りた。

濠端を半蔵門《はんぞうもん》から千鳥《ちどり》ヶ淵《ふち》へと向かって進む。春には桜吹雪が舞う絶景ポイントとして知られるが、いまは冬枯れた樹々ばかりだ。

千代田区一丁目一番地。英国大使館前に到着した。

四谷の迎賓館に似た門扉の横から守衛ではなく、濃紺にストライプの入った背広を着た男が歩み寄って来た。金髪にブルーアイズだ。

「黒須です」

サイドウインドーを開けて、名乗った。

ブルーアイズが頷き、振り向いて手を挙げた。門が開く。黒のセダンがゆっくりと敷地内に入った。

外国だ。日本の警察はもちろん、ＣＩＡや米軍もそうそう踏み込めない、特殊な国だ。

「運転手は、車内で待機します」

路子はいちおう英語で言ってみた。

「了解しました。あの駐車スペースでお待ち下さい。お帰りのときに守衛が声をかけます」

ブルーアイズが、路子の英語よりも鮮やかな日本語で言い、瀟洒《しょうしゃ》な大使館の隅を指さした。

「ありがとう」

ブルーアイズにそう答え、スキンヘッドに向かっては、

「下手な動きはしないでね。この国の法律で裁かれちゃうから。ここから死体で運搬しちゃうことだって可能だわよ。まぁアラブの王様の国みたいなことはしないと思うけど」

「へい。わかっております。自分は、会長を乗せて、神戸の組の本部に入ったことがあります。そのときも駐車場所でじっとしておりました」

スキンヘッドが静かに頷いた。

違うけど、似ているかもしれない。

ヤクザはたとえ話もリアルだ。

2

「この秘密、絶対に外に漏らさないでいただけますか?」

路子は懇願した。生死にかかわる問題だった。

「もちろんですとも。おじいさまは、そのためにわが英国にこのフィルムを預けたのでしょう。われわれも歴代の東京担当から、これを脅しには使うなと、申し送られています」

英国秘密情報部の元極東担当のジェームス本田《ほんだ》が、アールグレイを注ぎながらそう答えてくれた。

日系人だが風貌がロジャー・ムーアに似ている。七十歳を超えているそうだ。現在はOBとして観光局の手伝いをしているらしいが、おそらくまだ情報収集者であることは間違いない。好々爺《こうこうや》のように振る舞っているが、眼は決して笑わない。

「確かに、これを米国への脅しに使ったら、とんでもないことになる」

濱野も嘆息した。

緑の芝生が敷き詰められた広大な庭を見渡せる応接室だ。まるで貴族の館《やかた》にでもいる気分になる。

祖父黒須次郎は、桃園フィルムの米国側将校と見られる男たちの顔を映した部分を鋏で切り取り、当時の英国大使館員に預けていたのだ。

先にこの大使館に匿《かくま》われた濱野が、聞き出していた。

英国にとっても使い方ひとつでどうにでもなる情報なので、今回は手を組んでくれたことになる。

「現在の内閣は少しホワイトハウスに寄り過ぎです」

ジェームスはそう言った。

「申し訳ありません。警察官としては、政府の考えに異を唱えることは出来ません。警察と政治は最も離れていなければならないというのが持論です」

路子は答えた。信念である。だからこそ警察に介入してくる他省の役人も政治家も許せなかった。

「さすがは黒須次郎さんの血を引く方だ。筋が通っている」

「ありがとうございます。ミスタージェームス」

「はい。窮地に立ったときには、いつでもおっしゃって下さい。フィルムは当方が管理していると。そして英国は、いまも黒須家の味方であると」

この印籠《いんろう》が欲しかった。

「では同僚の仇《かたき》をとってきます」

「護衛はいりませんか？」

とジェームス。ビスケットを勧められた。

「それは足りております。ただし、ときどきセーフハウスをお借り出来ないかと」

路子はビスケットを齧《かじ》りながらねだった。

セーフハウスとは諜報機関が、政治亡命者や二重スパイを隠すために持っている完全防衛の家だ。

裏を返せばそこは、その諜報機関の出店ということにもなる。

「ＯＫです。言っていただければ、私どものセーフハウスをご紹介いたします。ただし路子さんが使用した後は撤収しますので、以後は役に立たないと思って下さい」

太い釘を刺しこまれた。他国に自分たちの手の内を明かすわけがない。これは、路子たちの仕事が、自動的に英国の利益にも繋がるということだ。

それ以上は詮索しないほうがいい。

「それでは失礼します。濱野さんをよろしく頼みます」

「それもＯＫです。お話ししたいときはこのナンバーへ。盗聴防止がついています。ただし、私たちは聞いておりますが」

「わかりました。今回に関してはどんな情報も共有すべきですから、かまいません」

路子はジェームスに送られて、大使館を出た。


翌日の午後七時。六本木の東京ミッドタウン前。

メルセデスのＣＬＳ３５０が停車していた。オフホワイトだ。路子は後方から近づいた。毛皮のコートでやって来た。中には真っ赤なスカートスーツを着込んでいる。金田の妻はいまも六本木で三店舗ほどクラブを経営しており、その手の衣服は容易に調達できた。

後部シートを軽くノックした。すぐさまロックの降りる音がする。

扉を開けた。

「NGNアメリカの中村《なかむら》と言います。よろしいでしょうか」

とにかく最初は、低姿勢で出る。

「もちろんですよ。草凪さんから聞いています」

路子は後部席に乗り込んだ。

「勝手に走りますよ」

「どうぞ」

自由に走れるのもいまのうちだ。

六本木通りを渡って、東京タワー方面へと進みだした。師走《しわす》の六本木は賑わっていた。

外国人が多い。

芸能人や若手資産家が多く集まることで知られる六本木だが、米国国務省、英国大使館、オーストラリア大使館が、自国の旅行者に向けてこの街を歌舞伎町と並ぶ危険区域だと警告していることは、当の日本人にはあまり知られていない。

「単刀直入にお伝えします。『バッドレイン』の日本人刑事の役に松田さんを候補にあげています。具体的な取り決めはそちらの所属事務所とさせていただきますが、御意志としてはいかがでしょう」

つかの間の夢を見させてやることにした。

「ないわけないさ。それ受けた。ハリウッドってカメラテストを受ける段階からギャラが発生するんでしょう」

あっさり草凪を裏切った。ヤクザに悖《もと》る。

「はい、エアーはファーストクラス。ホテルもご満足のいただけるクラスをご用意いたします。拘束料金は、一日一万ドル。食費は別途です」

嘘八百を並べた。

日々、容疑者に真実を吐かせる仕事をしているせいか、嘘をつくのはなかなか気持ちがいい。

「ひとつ頼みがあるんだけどさ」

「はい」

「草凪の事務所に、こう伝えておいてくれないかな。俺は何度も断ったんだけど、あんたが、どうしてもそれじゃあ具合が悪いって。いろいろ芸能界あるのよ。立場ってもんが」

飯倉片町《いいぐらかたまち》を右折した。一の橋方面だ。

「かまいませんよ。私から、伝えます」

夢を見ていられるのは、麻布十番までだ。

路子はハンドバッグから匕首を一本取り出した。もちろんルームミラーには映らない角度に置いている。

こういう場合は拳銃よりも匕首のほうが効果があると昨夜、スキンヘッドから教えてもらった。あの男、加川奏太《かがわそうた》という。

「ありがたいねぇ」

松田は陽気に口笛を吹いた。一の橋の交差点を越えた。

「私のほうもひとつお願いがあるんですが、聞いていただけませんか？」

ルームミラーに映る松田の顔を眺めながら言った。

「おう。いいよ。ただしギャラとかは俺はダイレクトには答えられない。事務所が間に入るっていう決まりなんだ」

「そんなことではありません」

路子はそっと、匕首を持ち上げた。

「なんだよ？　なんでも聞きますよ。ハリウッドの要望なら」

「ケントに連絡を」

「えっ」

と松田がルームミラーを見上げたときに、路子は匕首を相手の首筋に這わせていた。

「『ゴッドファーザー』や『アウトレイジ』みたいなことって、現実にも起こるのよ」

「うっ、あんた何者なんだ。草凪はなんで」

「質問はなし。歌舞伎町のホスト、ケント三峰《みつみね》が、韓国芸能界と繋がっているのは承知よ。Kアイドルの女性グループも日本のホストで性欲を満たしているって知らなかったわ」

「な、なんでそのことを」

「だから質問はなし」

路子はスッと匕首の刃先を滑らせた。すべて運転手兼ボディガード役の加川から聞いていた。

「や、やめろ。間違って切れたらどうするんだよ」

松田は、頭を大きく右に傾けて、肩を震わせながら減速しだした。

「そこの脇に停めて」

明治通りに曲がる手前でメルセデスを停車させた。松田は耳の後ろから汗を流しながら、スマホを取り出した。

「スピーカーフォンにして」

「わかったから、その匕首なんとかならないのか」

松田の声は乾いていた。

「無理よ。あなたがアクションスターだって知っているから。いきなり空手チョップを出されても困るわ」

「ちっ」

路子はメモを渡した。パソコンで打ったA4用紙だ。俳優には台本を渡すのが一番いい。

松田はじっとメモを見ていた。

「こんな映画みたいな話して、どうするんだよ?」

首を捻った。それからにやりと笑った。

「これってもう、カメラテストってこと? 実在の名前とか、本番では使わないですよね」

松田陽平とはめでたい男であった。カメラなんて、どこにもないのに嬉々としてスマホをタップした。相手が出る。

「陽平、どうした?」

ケント三峰らしい。ネイティブな日本語だった。

「ケント、米軍を黙らせてくれないか」

松田がメモを見ながらセリフを言った。

「おまえ何言ってんの？」

「ケントと新宿爆烈連合が手を組んでいるのは、もうバレているんだ。警察を舐めないほうがいい」

松田は刑事になり切ってきた。

「バカ抜かせ。大物政治家が俺らのために動いているんだ。警察なんてどうにでもなるよ」

とうとうケントが事案の背景を喋った。

松田は、次の一行をほとんど棒読みした。路子が博打的に書いたセリフだ。松田がその意味すら知らないだろう。

「政治家がもうアウトらしい」

「鴻池《こうのいけ》先生は、防衛省と外務省を仕切っているんだぞ。アウトなわけがないだろう」

出た。ついに政治家の名前が出た。

鴻池先生とは民自党の大物代議士、鴻池大二郎《だいじろう》だ。

そっちだったか。

路子はてっきり現政権側と睨んでいたが、そうではなかった。関東泰明会が裏を掻かれたのはそこだ。

鴻池は元警察官僚。六十七歳。

二十五年前に政界に転身している。現在は非主流派だが、民自党の第二派閥「安政会《あんせいかい》」の領袖《りょうしゅう》である。安政会は昭和三十年代に安本隆平が創設した親米派派閥。

現政権とは政策的に一致しているが、一致しすぎているために近親憎悪を持っていると言われている。総裁選に二度続けて臨んだが、いずれも現総理、桜川正明《さくらかわまさあき》に多数派工作で負けている。

ただしすでに六年にわたる長期政権となった桜川政権にも綻《ほころ》びが目立ち始めていた。来年六月の参院選で民自党が負けると政局になる。鴻池はその機会に話し合いで総理の座を射止めることを狙っていると言われている。

選挙大敗のあとの政権交代には非主流派から担がれることが多いからだ。

鴻池の名前を聞いて、合点がいった。

民自党の中も割れている。同時に警察庁の中も割れている、ということだ。

中央南署は鴻池派に操られているということだ。

路子は走り書きしたメモを松田に渡した。松田はまた棒読みした。

「鴻池先生は間もなく失脚する。総理がワシントンを通じて、米軍の幹部に秘密を打ち明けさせた」

「嘘だろっ」

嘘だ。

だが、松田の肩を叩き、首筋に這わせた匕首を軽く滑らせた。

「本当だ。たったいまそういう情報が入った。いま週刊誌の人間が一緒なんだ」

松田は咄嗟にアドリブを言った。

「いますぐ、南原と鴻池先生に連絡を取る。待っていろよ」

3

午後七時二十分。

新宿爆烈連合の南原秀明は歌舞伎町の事務所にひとりでいた。

あずま通りに面した築四十年になる六階建ての飲食店ビルだ。南原が五年前に買い上げていた。

事務所は最上階。南原はその応接室にいた。

一階から五階までは直営のキャバクラとスナック。それに店舗型ヘルスを入れてある。

真下は『ヘルス新爆』とキャバクラ『爆々クラブ』。ネーミングに何か期待感があるのか、二店とも、それなりに繁盛していた。

しかし、今週はそれでも金が足りない。

今夜は組員たち全員を、カツアゲに走らせている。リスクは承知だが、そうでもしなければ金が間に合わないのだ。

窓のない応接室で、腕をまくり、シャブを打った。イラつきを抑えるにはこれしかない。

関東泰明会の四角い代紋が、しゃっきりと見えた。

一昨日は、オレオレ詐欺が五件すべて見破られるし、昨日調印日だった不動産取引も直前で、登記簿の偽造が発覚してしまった。

予定していた二億のキャッシュが手からこぼれ落ちてしまった。

にもかかわらず、本部は今日になって突然、上納金の緊急割り増しを求めてきた。

先週から本部はドタバタしている。自分が仕掛け人だとは口が裂けても言えなかった。

これから取りに来るという。

まったく腹が立つ。

シャブを打ち終えた南原はローテーブルの上に積み上げた札束を眺めた。

全部で十束。一千万円だ。

今週に関して言えば、これだけの金でもきつい。

手引きして奪わせた三億の金から五千万でも引いておけばよかったと悔やんでも、もう遅い。

あの金はケントが握ったままだ。鴻池大二郎に届けるためだ。

ただし、まだもうひとつの上納物が足りないので待たせてある。アメリカを脅すための桃園フィルムと現政権に引導を渡すための裏帳簿だ。

その三点セットがあれば、日本の闇組織は、鴻池大二郎、ケント三峰、そしてこの南原秀明の三人で仕切れる。

かつて、ボビー・ジュリアーノ、関東泰明会、民自党親米派の三軸で作り上げた東京アンダーワールドのシステムをそのまま乗っ取ろうというのがケントの案だった。

突然ローテーブルの上に置いたスマホがけたたましく踊った。マナーモードだった。

ケントの名が浮いている。

「おぉ、兄弟。なんでぇ」

「いま俳優の松田から妙な電話があった。鴻池先生が、失脚するって週刊誌の記者が言っているそうだ。そっちになにか情報は入っていないか？」

「なんだって？　そういえばこの二日、ちょっとおかしい」

く？ と言いかけたときに、事務所の扉が静かに開いた。鍵をしてあったはずなのになぜ開

南原は目を擦った。

ぬっ、とスキンヘッドの男が入って来た。本部の加川奏太。「鉄砲玉の奏太」と異名をとる時代遅れのヤクザだ。ガムテープを持っている。

「準備がいいな。南原」

いきなり呼び捨てにされた。これまでは南原組長と敬《うやま》われていたのにおかしい。

それに背中のほうから煙が上がっている。

「なんだよ、こらっ」

南原がテーブルを蹴り上げ、立ち上がったときには、すでに加川は目の前に飛び込んで来ていた。鳩尾《みぞおち》に膝を蹴り込まれた。

「うっ」

腹を抱えて床に蹲った。スマホも札束も、床に飛んでいた。

「南原、どうした」

スマホのケントの声が聞こえた。

「ユー・マスト・ダイ。フォール・トゥ・ヘル」

加川が、いきなり英語を使った。

なんだそりゃ？

一瞬戸惑った。それが仇《あだ》となった。加川に背中に回られた。いきなり口の中に発煙筒を突っ込まれた。

「あっ」

それが自分の人生最後の声になるとは思わなかった。発煙筒を突っ込まれた口と、鼻の上にガムテープがぐるぐると巻き付けられた。

瞬時にして息を吐くことも吸うことも出来なくなった。

「んんんんんん」

手足もガムテで縛られた。目はそのままだった。五秒ほどで、すっ、と眠くなった。酸欠とはこういうことか。目を開いたまま意識を失った。

最後に見た光景は、加川が札束を鞄に入れる姿とスプリンクラーから降ってくる水だった。

たぶん、火災報知機も鳴り響いていたことだろう。耳は聞こえなかった。

視界がブラックアウトして、南原秀明の短い生涯は終わった。

加川奏太は、火災報知機が鳴り響く中で、南原のガムテープを剝がした。発煙筒も抜く。煙に巻かれた痕跡は出来た。見開かれた眼は閉じた。何度人を殺しても、死人の開眼は気持ち悪い。

ガムテープに南原の金髪が付着した。

すでに事務所には何本も発煙筒を焚いていたが、さらに十本ほどばら撒《ま》く。

階段で降りた。各階ごとにエレベーターホール、通路に発煙筒を十本ほど投げつける。

もちろん火は付けてある。

十五分で消防車が駆けつけるであろう。火災ではなく発煙筒だと気付く前に、窓や壁は打ち壊され、放水される。

客や従業員は、逃げ惑うだろうが、所詮は発煙筒だ。黒煙ではない。死んでも二人ぐらいだろう。

ビル一棟破壊するのは、発煙筒百本で事足りる。あとは東京消防庁が壊してくれるのだ。

あずま通りの人ごみに紛れて、靖国通りへと向かった。消防車のサイレンの音が聞こえてきたのは、新宿三丁目へと渡ってからであった。

「南原っ、南原っ」

花道通りから一本奥まった位置にあるホストクラブ『トップガン』のオフィスで、ケント三峰は叫んでいた。

誰かが英語で「死ね」と言った直後に、火災報知機の音が鳴りだした。胸がざわついた。米軍が寝返ったかもしれない。

「おいっ、誰か、あずま通りの南原ビルを見て来いっ」

待機していたホストに命じると、すぐにひとりが飛び出して行った。

ケントは次に鴻池大二郎の秘書に電話を入れた。

「先生が失脚すると噂が入っているんですが」

いきなり切り出した。

「おいっ、寝言は寝てから言え。総理側も手詰まりになっている。景気が思ったほど回復していないんだ。六月に絶対に政局になる。そのときがうちの先生の勝負だって、おまえらもわかっているだろう。だから早くCIAとアメリカ国務省を味方につけたいんだ。すぐに金とフィルムを持ってこい。先生が天下をとったら、警察なんてどうにでも動かせる。関東をまず、おまえらで仕切ればいい。それから神戸と戦争しても、爆烈連合の連中は逮捕しない」

秘書は早口でまくし立てた。

「その爆烈連合の南原が、どうもＣＩＡか米軍にやられたようなんですが」

「えっ」

秘書は絶句した。

そこに、ホストのひとりが戻って来た。息を切らせていた。

「燃えているようです。消防士が放水して、類焼防止のためにビルを壊し始めています。ただ、黒い煙は出ていないんです」

「嘘だろ」

ケントは眉根を吊り上げた。ＦＢＩがギャングの燻《いぶ》し出しによく使う手だ。ビルを叩き壊せば、シャブも消される。

「消防庁を動かせるって、官邸の仕業《しわざ》じゃないんですか？　南原のビル、警察じゃなくて、消防の手入れ食らっていますよ」

ケントは吠えた。

「いや、ありえない」

政治家の秘書の言葉など信じられなかった。ケントはスマホを乱暴に切った。

「おいっ。金庫の貴金属や高級酒全部運び出すぞ。粉もだ」

待機している三人に命じた。

「はいっ」

フロアは盛り上がっていた。この時間は、中国の富裕層の夫人たちがわんさかやってきている。亭主はソープやヘルスで日本の秘儀を楽しみ、女房たちはホスト買いだ。

二階の個室で、あれしろ、これしろとうるさいが、金はぼれる相手だった。

「店に出ている連中は、そのまま接客させておけ」

営業中に消えるのが一番いい。

ワゴン車にありったけの財産を積み、護衛代わりのホストふたりを連れてケントは新宿を後にした。


松田陽介のスマホが鳴った。

「一時間かかったわね」

助手席にまわった路子は、松田に電話に出るように伝えた。

「スピーカーフォンよ」

「わかったから、手錠を取ってくれないか」

右手とステアリングを手錠で繋いでいた。

「無理」

松田は左手でスマホを取り上げた。すぐにケントの声が飛び込んで来た。

「おまえの情報当たっていたよ。南原が消された」

「えっ」

松田の呻きに、路子も胸底で同じ声を上げていた。関東泰明会はすでに仕事を成し遂げてしまったということだ。

「俺と安本は、どうすりゃいいんだ？」

「おまえらの画像は俺が握っている。人手には渡っていない。関東泰明会もシャブを渡していたとは言わないだろう。焦る事はない。しばらくしたら連絡するから、普通に働いていろよ」

ケントはそれだけ言って電話を切った。

「はい、あんたのスマホ頂戴」

路子は手を差し出した。

松田のスマホの受信履歴を解析し、ケントのスマホの発信元もチェック出来れば、鴻池や米軍幹部、そして警視庁の幹部が集合する場所がわかるだろう。

英国秘密情報部が味方にいるのだ。追跡は可能だ。

藤堂、奈良、そして山根の仇を取ってやる。

4

夜更けだった。

大晦日《おおみそか》から活況を呈するという箱根強羅《はこねごうら》温泉も、その一週間前とあって、いまは静まり返っていた。もっとも客の少ない時期らしい。

路子がインペリアルステート勝鬨に踏み込んでちょうど二週間が経っていた。

敷地内は闇だった。気温は零下二度だった。

しばらく手入れされていなかったのか、庭には灌木《かんぼく》が横たわり、枯れ枝が散らばっている。鴻池大二郎の別荘である。

煉瓦造りの二階家だ。

路子は静かに近づいた。

英国大使館に籠っていた濱野が、ケントの動きから、この場所に集合すると割り出していた。

中央南署の署長岸部もココに入っているはずである。

すぐ近くに食品会社の保養所があった。紅茶や菓子類の輸入食品会社だ。そこが英国情報部のセーフハウスだった。

関東泰明会の武闘派百名をここに集めてある。松田に用意させた揃いの衣装を着せている。松田と安本は人質として同じ場所に匿っていた。

枯れ枝を踏むたびに背筋が凍った。

裏側から邸に近づいた。

応接間の窓から明かりがこぼれている。

接近した。聴診器のような形をしたコンクリートマイクを煉瓦に当てる。いきなり岸部の声がする。

「黒須の所在がいまだにわかりません。外国人に拉致されたのは間違いないようです。お国の軍の中で内輪もめがあったのではないですか?」

「そんなことはありえない。私たちは、鴻池さんが、占領時代のマッカーサー元帥やウィロビー少将、それにホイットニー准将やその奥方たちの恥ずかしいフィルムを取り返してくれるというから、協力したんだ。わざわざアジア人の顔をした工作員を築地に派遣してね。クレーンをあれだけ鮮やかに扱えるのは戦車乗りだからだよ」

流暢《りゅうちょう》な日本語だが、外国人であることは歴然とした発音だった。CIAのジャクソンだ。

「それは、私も同じだ。わが派の創始者である安本隆平の秘密が公にされれば、民自党の存在すら危ない」

これは鴻池の声だ。

「それよりも、戦後の統治下での日米の機密がすべて暴かれる可能性があるんですよ。当時の外務省幹部が残した黒須メモには、乱交プレイをしながら取り決めた制空権や地位協定の会話がすべて盛り込まれているというじゃないですか」

内調の幹部だ。非公然の情報官、松山明久《まつやまあきひさ》だ。英国はその身分をすでに割っている。

「メモには、特高の復権にあたる公安警察の設立準備の状況まであるといいます。当時の警察幹部も乱交に加わっていたのでしょうね」

これは警視庁の特殊工作課の課長、酒井春雄《さかいはるお》だ。内調の松山同様非公然工作員。

「取り敢えず、フィルムを見たと思われる刑事ふたりは処分したのでいまのところ漏洩《ろうえい》は防げている」

酒井が言った。

そんなことで、藤堂や奈良まで殺されたのか。

ここにいるのは鴻池と岸部を除けばすべて非公然工作員たちだ。工作員と呼べば聞こえはいいが、昔風に言えば殺し屋だ。

許せない。

路子は、黒革のジャンパーのサイドポケットから非致死性特殊閃光弾《スタングレネード》を取り出した。目がくらむ光量と、耳を劈く大音量で、人間の意識を三分ほど奪ってしまうことが出来る。

そしてこの光と音量を合図に、組員たちが乗り込んできて、彼らを攫うことになっている。

墓場も決めてある。

スタングレネードのプルトップを引こうとしたそのときだった。

「動くな」

背中で声がした。

振り返るとケント三峰が立っていた。

サイレンサー付きのワルサーを握っている。

「やっと会えましたね、黒須さん。祖父のパートナーだった方のお孫さんを撃つのは忍びないです」

銃刃《トリガー》の指が動いた。まったく躊躇《ためら》う様子がない。路子は屈んだ。ワルサーの銃身が修正された。そのわずかな隙に足を回した。コサックダンスのような格好で伸ばした爪先でケントの脛を蹴った。

「わっ」

ケントが横転した。

ワルサーが黒闇に飛ぶ。

路子も躊躇わずに、胸から匕首を抜いた。防弾防刃ベストの代わりに幾重にも晒しを巻いている。そしてサクラＭ１６の代わりに匕首を持っていた。

極道から学ぶことは多い。

「七十年の歴史に幕を下ろしましょう」

路子は、半身を起こそうとしたケントの頸動脈《けいどうみやく》に刃を立て、一気に真横に切った。黒闇に真っ赤な鮮血が飛んだ。

ケントは声も出さずに、絶命した。

戦後の闇のひとつを、本当の闇に葬った。

「闇は、あくまでも闇のままがいいわ。陽にあたっちゃだめ」

路子は踵を返した。

窓の下に戻る。スタングレネードのプルを引いた。窓ガラスを割って放り込む。すぐに引き返し建物からひたすら離れた。

走りながら、カウントする。

「5・4・3・2・・ドカン」

背中で、大音量が鳴りその騒音でガラス窓が粉々に吹き飛ぶ音がした。

すぐに、二階から数人の男たちが飛び降りて来た。表から走って来る者もいる。

全員迷彩服を着ている。それでも十人ぐらいだ。別荘を守るには充分な兵力と考えたのだろうが、そうは問屋が卸さない。

塀を乗り越えて、関東泰明会の組員が百人ほど乗り込んでくる。

全員、機動隊の濃紺の戦闘服とジュラルミンの盾を構えて勇んでくる。

「ノー。ザッツ・ア・ポリス」

ひとりがそう叫んだが、とりあえず発砲してきた。

路子は腹ばいになり、窓辺へと向かった。

機動隊の戦闘服を着た組員たちは盾で、銃弾を防ぎながら、前進した。盾は小道具であっても本物のジュラルミンであった。大活映画の美術部のものだ。

米兵たちが徐々に囲まれていった。百人が全員注射器を持っている。瞬間睡眠剤の入ったものだ。

無意味な殺戮《さつりく》はしない。

殺したい男たちは決まっている。

警護の米兵たちの始末は組員に任せて、路子は部屋の中に飛び込んだ。

三分以上経ってしまったせいか、ソファからずり落ちた岸部、ジャクソン、鴻池、松山、酒井の五人は床の上で半身を起こし、頭を振っていた。いま気が付いたばかりのようだ。

「黒須っ」

岸部が眼を剝いた。

近づき思い切り金玉を蹴り上げた。

「このクソ野郎っ」

岸部はふたたび絶入した。路子は警笛を吹いた。交通課時代に使っていたものだ。すぐに組員五人ぐらいが入って来た。

「まずひとり」

「姐さん、承知した」

いつの間にかそう呼ばれるようになっていた。ふたりの男が岸部を運び出していく。

路子は鴻池のほうへと進んだ。白髪で、太った老人だった。

「先生。ずいぶんなことをしてくれましたね。同僚と上司が死んだんですよ」

「わ、私はそんな指示はしていない。この国のために米国とより有利な取引をしようとしただけだ。桜川派に勝つためには、ホワイトハウスの信認もいる」

まぁそれは本音だろう。

「だけどね、おっさん。あんたも警察官僚だったんだから知っているでしょう。役人は、気に入られるためなら、なんだってやるって」

「それは。勝手な忖度《そんたく》だ」

「いいや、あんたの立場では、殺人事件のひとつやふたつ起こるとわかっていたはずだ。そういうのをね、未必《みひつ》の故意っていうのよ」

そのまま、路子は右足を上げた。加減を考えた。

頬骨が砕けても、致命傷にはならない程度。

回した。右から左へと廻した。

「あうっ」

老醜の政治家の頬に爪先がめり込んだ。ちょっと強すぎたか。鴻池の顔が歪み、一重《ひとえ》の瞼《まぶた》の隅から涙が尾を引かせながら壁際まで飛んで行った。

「ごめん、とりあえず丁寧にお願い」

「わかりました」

気絶した鴻池大二郎の巨軀《きょく》を三人がかりで持ち上げ連れて行く。

岸部と鴻池は食品会社の保養所へと運ぶことになっている。そこで待っているAV女優たちに、いろんなことをされながら、撮影されるのだ。

生涯、関東泰明会に尽くすしかない。

表の米兵たちも取り押さえられたのち同じ運命をたどる。関東泰明会としては新規の傀《かい》儡《らい》軍人が欲しかったところだ。

ヤクザは警察とは違う。

仇を取ってそれで終わりではない。使える人間は骨の髄までしゃぶる。学ぶこと多しだ。

「さてと」

路子はCIAのジャクソン、内調の松山、警視庁の酒井に対して向き直った。まだ意識が混濁しているようだ。耳とか目がはっきりしないのだろう。

「もはやあれだけの機動隊が来ているってことは、みなさんも覚悟が出来ているでしょう。殺人に参加したのだから」

腰に手を当ててそう言った。

「ねぇジャクソンさん。警視庁のキャリア官僚と罪もない運転手を川に沈めたのはあなたの指示でしょう」

「本島が現金とドラッグだけを持ち帰るなんて、ドジを踏んだのがややこしくした理由だよ。フィルムと帳簿がなきゃ意味ないじゃないか。われわれはそれを七十年も探していたんだ」

「国家の威信のためにね」

「悪いかね？」

「悪いわよ」

路子は金蹴りを入れた。ジャクソンが痙攣しながら蹲《うずくま》った。放置した。

「山根と奈良さんをやったのはあなたたちね」

次に内調の松山と警視庁の酒井を睨んだ。どちらも工作員ながらキャリアだ。

「今回の事案は、単純な極道の縄張り争いじゃない。日米のさまざまな権益が、かかっているんだ。謳《うた》われては困るんだよ」

松山が言い、酒井が頷いた。

路子はそれぞれの前に近づき、金玉をむんずとつかんだ。

同時に二個潰す。玉ハグだ。

「うっ」

「はっ」

三人の男たちが腹と玉を押さえて、打ち震えていた。

「ダンプに乗せてっ」

まだ痙攣したままの三人を山村運送のダンプに乗せた。山村運送はまだ存在したのだ。社長の山村龍介は濱野の信頼する公安刑事たちの手で警察病院から運び出されていた。

いまは隠し場所である認知症患者専門老人ホームに入れてある。ダンディでならす山村としては、不満であろうが認知症ということで追跡を逃れたのだ。

三人の許せぬ男たちを乗せて、路子は豊洲の建築現場に入った。

空が白み始めていた。

先日首都高速から眺めて気が付いた場所だ。

基礎工事中の現場だった。

関東泰明会の仕切る建設会社の作業員たちが、小学校の校庭ほどの土地に生コンを流していた。生コン車が十台整列している。

ダンプの荷台を上げて、そこに生きたままの三人を落とした。

「やめろ。助けてくれ」

三人が三様に命乞いをしてきた。路子は暁の空を見上げて大きく手を振った。

「流して」

生コン車十台から一斉に灰色のコンクリートが流された。

五分ほどで三人の姿は見えなくなった。

「ここに建つタワーマンションはおそらく七十年から八十年は解体されないんでしょうね」

「いちおう百年建築だそうですよ」

ホースを持った作業員のひとりが言った。組員OBだそうだ。

「また一世紀近い秘密が出来ちゃったわね」

「世の中そんなことばかりでしょう。堅気は知らないことばかりだ」

作業員はコンクリートを垂らしながら、鼻歌を歌っていた。

＊

英国大使館のジェームス本田に電話を入れた。

「任務終了しました。英国の協力に感謝します。そちらがあのフィルムを持っている以上、外交の均衡は保たれます。現政権も、次の政権も、極度にホワイトハウスに寄ることはなくなると思います。ダウニング街十番地のほうも何かと気にするでしょう。とくに鴻池政権が誕生したら、もうそちらにべったりですよ。なにせ、御国のセーフハウスで素っ裸の写真を撮られたんですから」

ジェームスが笑った。

「さて、セーフハウスとは何のことでしょう。我が国は日本国内にそのような施設は持っていません。それにフィルム？　なんのことでしょう。あのアメリカ人ポルノスターたちが、マッカーサーやウィロビーを真似た風刺フィルムのことでしょうか？」

そうなのだ。日本で言うところのそっくりさんポルノだが、顔を見れば誰でもそうとわかる。だが、逆に顔がないと、人間は妄想すると。

黒須次郎は、とんでもない詐欺師であったが、あの当時としては正しいロビイストであったのではないか。

騙しだましでも、あの時代はしょうがなかったのかもしれない。

路子はダンプカーに戻った。

悪女刑事

一〇〇字書評

切り取り線

購買動機（新聞、雑誌名を記入するか、あるいは○をつけてください）	
□（　　　　）の広告を見て	
□（　　　　）の書評を見て	
□ 知人のすすめで	□ タイトルに惹かれて
□ カバーが良かったから	□ 内容が面白そうだから
□ 好きな作家だから	□ 好きな分野の本だから

・最近、最も感銘を受けた作品名をお書き下さい

・あなたのお好きな作家名をお書き下さい

・その他、ご要望がありましたらお書き下さい

住所	〒				
氏名		職業		年齢	
Eメール	※携帯には配信できません	新刊情報等のメール配信を 希望する・しない			

この本の感想を、編集部までお寄せいただけたらありがたく存じます。今後の企画の参考にさせていただきます。Eメールでも結構です。

いただいた「一〇〇字書評」は、新聞・雑誌等に紹介させていただくことがあります。その場合はお礼として特製図書カードを差し上げます。

前ページの原稿用紙に書評をお書きの上、切り取り、左記までお送り下さい。宛先の住所は不要です。

なお、ご記入いただいたお名前、ご住所等は、書評紹介の事前了解、謝礼のお届けのためだけに利用し、そのほかの目的のために利用することはありません。

〒一〇一－八七〇一
祥伝社文庫編集長　坂口芳和
電話　〇三（三二六五）二〇八〇

祥伝社ホームページの「ブックレビュー」からも、書き込めます。
http://www.shodensha.co.jp/bookreview/

祥伝社文庫

悪女《あくじょ》刑事《デカ》

平成31年 1月20日　初版第1刷発行

著　者　沢里裕二《さわさとゆうじ》

発行者　辻　浩明

発行所　祥伝社《しょうでんしゃ》

東京都千代田区神田神保町 3-3
〒101-8701
電話　03（3265）2081（販売部）
電話　03（3265）2080（編集部）
電話　03（3265）3622（業務部）
http://www.shodensha.co.jp/

印刷所　堀内印刷
製本所　ナショナル製本
カバーフォーマットデザイン　芥 陽子

Printed in Japan ©2019, Yuji Sawasato ISBN978-4-396-34488-7 C0193

祥伝社文庫の好評既刊

安達 瑶
ざ・りべんじ
凄惨な事件の加害者が次々と怪死。善と悪の二重人格者・竜二《りゅうじ》&大介《だいすけ》が、少年犯罪の闇に切り込む！

安達 瑶
悪漢刑事《わるデカ》
「お前、それでもデカか？ 人間のクズじゃねえか！」——罠と罠の掛け合い、傑作エロチック警察小説！

安達 瑶
悪漢刑事、再び
女教師の淫行事件を再捜査する佐脇。だが署では彼の放逐が画策されて……。最強最悪の刑事に危機迫る！

安達 瑶
警官《サツ》狩り 悪漢刑事
県警が震撼！ 連続警官殺しの担当を命じられた佐脇。しかし、当の佐脇にも「死刑宣告」が届く！

安達 瑶
禁断の報酬 悪漢刑事
ヤクザとの癒着は必要悪であると嘯《うそぶ》く佐脇。マスコミの悪質警官追放キャンペーンの矢面に立たされて……。

安達 瑶
美女消失 悪漢刑事
美しすぎる漁師・律子《りつこ》を偶然救った佐脇。しかし彼女は事故で行方不明に。背後に何が？ そして律子はどこに？

祥伝社文庫の好評既刊

安達　瑶
消された過去　悪漢刑事
過去に接点が？　人気絶頂の若きカリスマ代議士・細島《ほそじま》vs.佐脇の、仁義なき戦いが始まった！

安達　瑶
隠蔽《いんぺい》の代償　悪漢刑事
地元大企業の元社長秘書室長が殺された。暴かれる偽装工作、恫喝、責任転嫁……。小賢しい悪に鉄槌を！

安達　瑶
黒い天使　悪漢刑事
病院で連続殺人事件!?　その裏に潜む闇とは……。医療の盲点に巣食う〝悪〟を〝悪漢刑事〟が暴く！

安達　瑶
闇の流儀　悪漢刑事
狙われた黒い絆——。盟友のヤクザと共に窮地に陥った佐脇。警察と暴力団、相容れられぬ二人の行方は!?

安達　瑶
正義死すべし　悪漢刑事
現職刑事が逮捕!?　県警幹部、元判事が必死に隠す司法の〝闇〟とは？　別件逮捕された佐脇が立ち向かう！

安達　瑶
殺しの口づけ　悪漢刑事
不審な焼死、自殺、交通事故死……。不可解な事件の陰には謎の美女が。佐脇の封印された過去が明らかに!?

祥伝社文庫の好評既刊

安達 瑶

生贄《いけにえ》の羊 悪漢刑事

警察庁への出向命令。半グレ集団の暗躍、庁内の覇権争い、踏み躙《にじ》られた少女たちの夢――佐脇、怒りの暴走！

安達 瑶

闇の狙撃手 悪漢刑事

汚職と失踪――市長は捕まり、若い女性は消える街、眞神《まがみ》市。乗り込んだ佐脇も標的にされ、絶体絶命の危機に！

安達 瑶

強欲 新・悪漢刑事

最低最悪の刑事・佐脇が帰ってきた！だが古巣の鳴海《なるみ》署は美人署長の下、人心一新、すべてが変わっていた……。

安達 瑶

洋上の饗宴（上） 新・悪漢刑事

休暇を得た佐脇は、豪華客船に招待される。浮かれる佐脇だったが、やはりこの男の行くところ、波瀾あり！

安達 瑶

洋上の饗宴（下） 新・悪漢刑事

騒然とする豪華客船。洋上の孤島と化した船上での捜査は難航。佐脇は謎のテロリストたちと対峙するが……。

安東能明

限界捜査

人の砂漠と化した巨大団地で消息を絶った少女。赤羽中央署生活安全課の疋《ひき》田《た》務《つとむ》は懸命な捜査を続けるが……。

祥伝社文庫の好評既刊

安東能明
侵食捜査
入水自殺と思われた女子短大生の遺体。彼女の胸には謎の文様が刻まれていた。疋田は美容整形外科の暗部に迫る――。

飯干晃一
生贄《いけにえ》II
性の狂気に駆られた男たちは、今夜も無垢《む》《く》の女性を〈生贄〉にして、一夜の欲望を満たそうと牙を剝《む》く。

飯干晃一
極悪捜査官
六本木の裏ビデオ屋から押収されたポルノビデオ。狂乱する全裸の美女と、白い粉末＝コカインの吸入シーンが！

梓林太郎
北アルプス 白馬《しろうま》岳の殺人
新聞記事に載った美談。その後、多摩川で、北アルプスで、関係者が続々に変死した。偶然？ それとも罠？

梓林太郎
北アルプス 爺《じい》ヶ《が》岳《たけ》の惨劇
北アルプスで発見された遭難遺体。男の死に、殺人の臭いを嗅いだのは、道《みち》原伝吉《はらでんきち》刑事。冴えわたる推理！

梓林太郎
湿原に消えた女
一匹狼の私立探偵 岩波事件ファイル

「あの女の人生を、めちゃめちゃにしたい」――依頼人は会うなり言った。探偵・岩波、札幌に飛ぶ！

祥伝社文庫の好評既刊

梓 林太郎
石狩川殺人事件
旅行作家・茶屋次郎《ちゃやじろう》の事件簿

「この子をよろしく」——石狩川河畔で二歳の捨て子と遭遇した時から、茶屋の受難が始まった……。

梓 林太郎
長良《ながら》川殺人事件
旅行作家・茶屋次郎の事件簿

忽然と消えた美人秘書を探す茶屋。怪しい男の影を摑むが、長良川河畔で刺殺体で発見された男の傍《かたわ》らには……。

梓 林太郎
信濃《しなの》川連続殺人
旅行作家・茶屋次郎の事件簿

恩人と親密だった芸者を追う茶屋。信濃川から日本海の名湯・岩室《いわむろ》温泉に飛んだ！ 芸者はどこに消えたのか？

梓 林太郎
千曲《ちくま》川殺人事件
旅行作家・茶屋次郎の事件簿

茶屋次郎の名を騙《かた》る男が千曲川沿いで殺された。奥信濃に漂う殺意を追って茶屋は動き始める……!!

梓 林太郎
四万十《しまんと》川 殺意の水面《みなも》
旅行作家・茶屋次郎の事件簿

高知・四万十川を訪れた茶屋次郎。案内役の美女が殺され、事態は暗転……。茶屋の運命やいかに？

梓 林太郎
筑後《ちくご》川 日田往還《ひたおうかん》の殺人
旅行作家・茶屋次郎の事件簿

茶屋は大分県・日田でかつての恋人と再会を果たす。しかし彼女の夫には殺人容疑が。そして茶屋にも嫌疑が!?